토끼전, 네 간은 나무에 있다고?

생생고전 06 **토끼전**

토끼전, 네 간은 나무에 있다고?

펴낸날 초판 1쇄 발행 2025년 1월 20일

글쓴이 유영소 | **그린이** 국민지
편집 김다현 | **디자인** 김윤희 | **홍보마케팅** 이귀애 이민정 | **관리** 최지은 강민정
펴낸이 최진 | **펴낸곳** 천개의바람 | **등록** 제406-2011-000013호
주소 서울시 영등포구 양평로 157, 1406호
전화 02-6953-5243(영업), 070-4837-0995(편집) | **팩스** 031-622-9413

ⓒ 유영소·국민지, 2025 | ISBN 979-11-6573-592-0 73810

제조자 천개의바람 **제조국** 대한민국 **사용연령** 10세 이상

토끼전,
네 간은 나무에 있다고?

차례

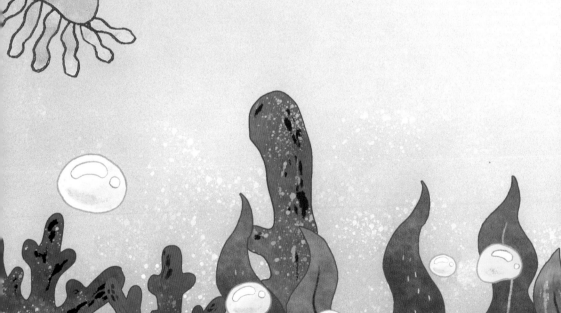

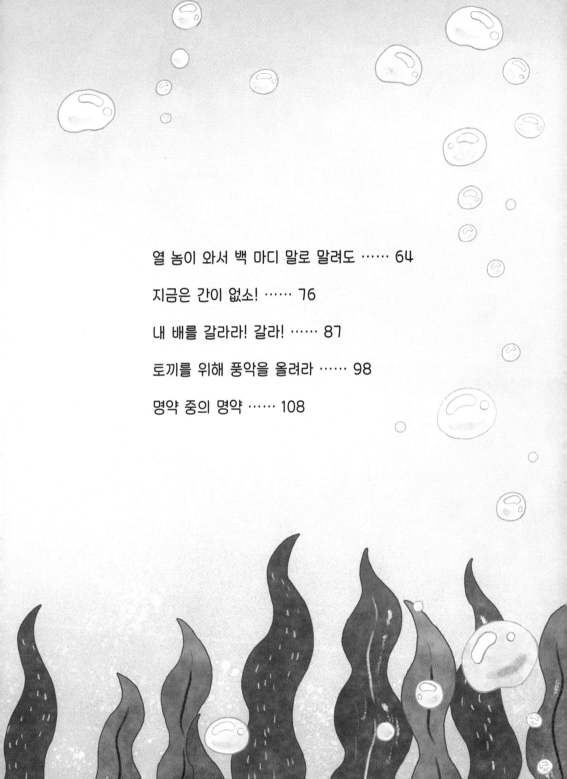

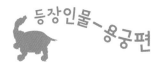
등장인물-용궁편

자라

용궁에서 '주부'라는 벼슬을 하는 자라예요. 직급은
낮아도 임금인 용왕님을 정성을 다해 모시지요.
토끼의 그림을 들고 육지로 나아가 토끼를
데려오는 중요한 임무를 맡았어요.
우직하지만 거짓말도 능숙하게 잘하지요.

용왕

바다의 왕이에요. 어느 날부터 갑자기
시름시름 앓아서 온갖 약을 먹어 봤지만
도통 소용이 없었지요. 그러던 중 토끼의
간이 약이라는 말을 듣고 신하들을 시켜
토끼의 간을 구하려 해요.

신선

하늘 나라에서 온 신선이에요.
용왕의 병이 나으려면 토끼의 간을
먹어야 한다고 했지요. 이 말이
모든 사건의 원인이 됐어요.

토끼
산속에 사는 토끼예요. 조그마해서
다른 동물들에게 무시당하다가
자라의 꾐에 빠져 용궁에 가게 되지요.
간이 뽑히려는 순간, 재치를 발휘해요.

호랑이
산속을 지배하는 왕이에요. 사람들 때문에
고생하는 산속 짐승들의 회의를 열지요.
하지만 자기의 안전을 위해 문제 해결을
거절하고, 오히려 다른 동물들의 음식을
빼앗으며 배를 채우지요.

여우
산속에 사는 여우예요. 산속의
왕인 호랑이에게 찰싹 달라붙어
기분을 맞추지요.

용왕님이 편찮으시다!

옛날 옛날, 깊고 깊은 북쪽 바다에 용왕님이 살았어. 그런데 어느 날부턴가 용왕님이 시름시름 앓는 거야. 머리가 콕콕 쑤시더니 뱃속이 꽉꽉 막히고 삭신이 빡작지근히 저리다가, 아예 누워서 잘 일어나지도 못하지 뭐야. 신하들이 놀라서 의원도 부르고 약도 구해 먹였는데, 하나도 소용이 없더래. 병이 낫기는커녕 갈수록 심해지는 거라. 이제 죽나 보다 하고 용왕은 한숨만 쉬었어. 신하들도 뾰족한 수가 없다고 한탄만 하고. 용궁이 아주 근심으로 그득했지.

그러다 어느 날, 하늘에서 구름을 타고 신선이 내려왔어. 신선은 커다란 깃털 부채를 흔들며 용왕 앞으로 오더니 공손히 인사했어.

"용왕님이 병중에 계시다는 소식을 듣고 지나가다 들렀

습니다."

깜짝 놀란 용왕이 벌떡 일어났지.

"하늘에서 내린 신선께서 누추한 용궁을 찾아 주시니 몸 둘 바를 모르겠습니다. 감사한 마음이 지극하오나 병이 깊어 밖으로 나가 모시지 못했으니 부디 용서하옵소서."

신선이 하얀 수염을 쓰다듬으며 물었어.

"재주는 없으나 제가 좀 살펴도 되겠습니까?"

용왕은 기뻐서 답했어.

"이제 죽겠구나 했는데 옥황상제님이 명의를 보내 주시니, 부디 자세히 보시고 좋은 약을 일러 주소서."

신선이 넓은 도포 소맷자락을 걷어붙이더니 눈을 크게 떴어. 용왕의 몸을 이리저리 둘러보고 요리조리 만져 보던 신선은 한참 용왕의 기색을 살폈지. 그러고도 골똘히 생각하던 신선이 한숨을 쉬더니 이러지 뭐야.

"사람에게는 오장육부가 있어 맥을 짚으면 그 병을 알 수 있으나, 용왕님의 옥체는 너무 귀하여 감히 사람에 비할 수가 없습니다. 용왕님은 입안의 여의주로 온갖 조화를 다

부리시지요. 화를 내면 턱 밑의 비늘이 바짝 일어서고, 조화를 부리면 하늘에 오르며, 힘을 쓰면 태산을 다 부수고 바다를 홀딱 뒤집으니, 어찌 사람에게 듣는 침이나 약으로 병을 다스리겠나이까? 딱딱한 비늘이 온몸을 덮었으니 뾰족한 침도 뚫지 못하고, 불에 익힌 음식은 드시지 못하니 탕약도 소용이 없겠지요."

용왕이 실망해서 물었어.

"정녕 방법이 없겠습니까?"

신선이 빙그레 웃으며 답했어.

"아주 방법이 없지는 않습니다. 이런저런 이치를 따져 보니 토끼의 간을 구해 잡수시면 낫겠습니다."

귀가 번쩍 뜨인 용왕이 물었지.

"토끼요? 대체 그것이 무엇인데 약이 된다 하십니까?"

그럴 만도 한 것이 깊은 바닷속 용왕이 토끼를 알 턱이 있나!

신선이 찬찬히 일러 줬어.

"토끼라 하는 것은 육지에 사는 짐승으로 해와 달의 조화

로운 기운으로 태어난 동물이지요. 새벽에 닭이 울면 해의 기운을 받아먹고, 밤이 되면 계수나무 그늘 속에서 달의 기운을 받아먹습지요. 이렇게 해와 달의 기운이 고루 스민 토끼의 간이니 약으로 쓰이는 것입니다. 본래 간은 눈과 통하니 토끼의 빨갛고 초롱초롱한 눈만 보아도 간의 약효를 짐작하고도 남을 것입니다. 싱싱한 토끼 간 한 덩어리를 따끈할 때 잡수시면, 씻은 듯이 병을 고쳐 장수하실 터이니 꼭 구하여 드시옵소서.”

신선은 갈 길이 바쁘다며 급히 인사하고 물러났어. 얼마나 빨랐던지 용왕이 쫓아가 봤지만 어느새 사라졌지. 맑은 옥피리 소리 한 줄기만 용궁을 울리던걸.

얼이 빠졌던 용왕은 한참 만에 고개를 끄덕였어. 토끼의 간이 명약이요, 그것만 먹으면 병도 낫고 장수한다니 꼭 먹어야지 한 거야.

‘그런데 토끼라 하는 것이 육지의 짐승이라니, 대체 용궁 속 누가 육지로 나가서 토끼를 잡아 온단 말인가?’

고개를 갸웃대던 용왕이 소리를 질렀어.

"여봐라! 거기 아무도 없느냐?"

용왕의 호령에 용궁 신하들이 풀풀 헤엄쳐 달려왔어.

좌승상 거북, 우승상 잉어, 이부상서 농어, 호부상서 방어, 예부상서 문어, 병부상서 숭어, 형부상서 준치, 공부사어 민어, 한림학사 깔따구, 간의대부 물치, 백의재상 쏘가리, 금자광록 금치, 은청광록 은어, 대원수 고래, 대사마 곤어, 용양장군 이무기, 호위장군 장어, 표기장군 벌덕게, 육격장군 새우, 합장군 조개, 참군 메기, 주부 자라, 청주자사 청어, 서주자사 서대, 연주자사 연어, 주천태수 홍어, 청백리 자손 백어, 탐관오리 자손 오징어, 허리 긴 병장어, 수염 긴 대하, 구멍 없는 전복, 배부른 올챙이 떼가 차례대로 줄지어 엎드리니 용궁 안이 그야말로 비린내로 그득했지.

용왕이 신하들을 둘러보며 물었어.

"임금과 신하는 서로 맡은 책임이 다르다는 것을 알고 있는가?"

좌승상 거북이 나섰어.

"잘 알고 있습지요. 임금과 신하의 맡은 바 책임이 다르다는 것은 일찍이 우리 집안 어르신께서 천하를 다스리는 도리 중의 하나로 가르치셨습니다. 그러니 충성스러운 신하는 임금께 좋다 하면 죽음을 무릅쓰고 그것을 좇아야 하는 것이 마땅하옵니다."

용왕이 고개를 끄덕이는 사이, 눈치를 보던 우승상 잉어도 말했어.

"충이라 하면 우리 가문도 빼놓기 어렵습니다. 본래 충신이란 평상시에는 알 수 없으나 나라가 어려운 때를 당하면 알아볼 수 있습지요. 거센 바람이 불어야 비로소 강하고 약한 풀이 구별되듯, 나라가 진짜 어려울 때 충신이 보이는 법입니다."

용왕은 옳다구나 싶어 토끼 이야기를 꺼냈어.

"그래, 우리 용궁에는 충신들이 넘쳐 나는구나. 사실은 하늘에서 내리신 신선이 하는 말이 육지에 사는 토끼의 간을 구해 먹으면 내 목숨을 살릴 수 있다 하네. 과연 어떤 충신이 토끼를 잡아 내 병을 낫게 하려는가?"

공부상서 민어가 잽싸게 말했어.

"날쌔고 용감한 군사 3천을 고래 대장에게 내주옵소서. 그리하면 고래가 단숨에 달려 나가 토끼를 잡아 올 줄 아룁니다."

대원수 고래가 화를 버럭 냈어.

"아니, 수중에서만 싸우는 우리 군사가 어찌 육지에서 싸운단 말이오? 뱃속에 부레풀만 들었다더니, 그따위 얄팍한 생각으로 남에게 떠넘기는 게요?"

민어가 얼굴이 빨개져서 슬쩍 뒤로 물러나는데, 한림학사 깔따구가 나섰어.

"용왕님의 위엄과 덕으로 산속 호랑이에게 조서*를 내리십시오. 듣자 하니 토끼는 조그마한 짐승이라 하던데, 금수의 왕인 호랑이에게 당장 토끼를 몇 마리 잡아 바치라 명령하심이 어떻겠습니까?"

오호라!

다들 고개를 끄덕끄덕하는데 용왕이 물었어.

---

*조서 임금의 명령을 사람들에게 알릴 목적으로 적은 문서

"조서를 내리는 일이야 어렵지 않으나, 그것을 호랑이에게는 누가 전하겠는가?"

다들 조용한데, 간의대부 물치가 이르지 뭐야.

"표기장군 벌덕게에게 시키십시오. 튼튼한 갑옷을 입고 태어난 벌덕게 장군에게는 단단하고 날카로운 발이 열 개나 있습니다. 마음대로 나아가고 물러날 수 있으니 딱이지요. 더구나 벌덕게 장군의 원래 고향이 육지라고 하니 육지가 낯설지도 않을 겝니다. 당장 조서를 내리소서!"

벌덕게가 열 발로 벌떡 일어나는데, 어찌나 화가 났는지 입에 거품을 물고 따지네.

"수궁의 벼슬은 인간 세상과 육지와는 다르니 그 영향 또한 다를 것입니다. 어찌 산속의 호랑이가 용왕님의 조서를 받들겠나이까? 정히 그렇다면 깔따구와 물치를 보내옵소서. 젖비린내 나는 어린 것들이 집안 힘으로 벼슬에 올라앉은 자리에서 입만 나불대니 마침 잘 되었습니다. 그들이 조서를 가지고 육지로 나가라 하옵소서."

벌덕게 말에 깔따구와 물치가 눈을 뒤집었어.

"뭐라? 젖비린내?"

벌덕게도 집게발을 딱딱 치며 맞섰지.

"왜? 내가 틀렸소?"

듣고 있자니 용왕은 점점 걱정이 되었어. 이러다 싸움이라도 나면 도대체 누가 토끼를 잡으러 가냔 말이지. 용왕은 큰소리를 냈어.

"모두들 그만하시오! 지금 한시가 급한데 불만이나 내놓을 때요?"

용왕이 쏘가리를 보며 물었어.

"백의재상인 그대가 충성스러운 신하를 한번 골라 보시오."

욕심이 없어 벼슬도 마다하고 자연 속에 사는 쏘가리는 아는 것이 많았거든. 나라에 어려운 일이 생기면 벼슬 없이도 용궁에 와서 지혜를 보태니, 용왕이 슬쩍 물은 게지.

"임금이야말로 자기 신하를 가장 잘 아는 법입니다. 용왕님이 적당한 신하를 정하시면 될 것입니다. 그런데도 가지 못한다 하면 이유를 들어 보옵소서."

용왕이 머릿속에 떠오르는 대로 조개를 보내니 메기를 보내니 도미를 보내니 하는데, 다들 이래서 못 가고 저래서 못 간다네. 이러다 아주 밤을 새겠거든. 그런데 그때 누가 쓱 나서지 뭐야.

"제가 육지로 나아가 토끼 간을 구해 올리겠나이다!"

토끼를 잡아 오겠나이다

깜짝 놀라 바라보니 자라야, 자라! 주부 벼슬을 한다고 별주부라고 부르는 그 자라! 별주부가 더 납작 엎드리며 말했어.

"저희 집안은 대대로 임금께 충성을 다하며 욕심 없이 살아왔습니다. 용왕님께서 저의 간을 드시고 병이 낫는다 하면 당장이라도 빼어 올리겠으나, 오로지 토끼의 간이 명약이라 하니 제가 육지로 나아가 반드시 토끼를 잡아 올리겠나이다."

벼슬자리 하찮고 행동거지 느리다고 평생 무시당하던 주부가 나서니, 다들 놀라 아가미만 뻐끔대고 있었어. 용왕도 고개를 갸웃댔지. 등에 업은 등딱지며 짧고 둔한 저 다리로 과연 육지에 오를까 싶었거든.

"정녕 자네가 갈 수 있겠는가?"

용왕이 묻는데 자라가 대답했어.

"그렇습니다. 물길을 헤치고 험한 산길 봉우리와 골짜기

를 넘어 토끼를 잡아 올 때까지 결코 멈추지 않겠나이다."

그래도 못 미더운 용왕이 또 물었지.

"설령 네가 토끼를 만났다 치자. 수많은 짐승 중에 토끼를 어찌 알아볼 것이냐? 또 알아본다 치자. 그 느린 발로 어찌 토끼를 잡아서 구슬러 용궁으로 데려오겠느냐? 내가 보기에 너는 육지에 오르자마자 잡혀서 자라탕이 되거나 술안주로 제격이지 싶다."

자라가 목소리를 착 깔고 말했어.

"신의 충성이 가슴속에 있어 겉으로 보이지 않는 것이 애석합니다. 허나 겉으로 보이는 것으로도 저만한 적임자는 없을 줄 알고 아룁니다. 제가 느리다 하나 수중 생물들에게는 없는 발이 네 개나 되고, 꾀가 가득한 뾰족 머리는 위험할 땐 아예 감추어 완벽히 보호가 가능합지요. 넓은 허리는 굳센 힘이 그득하고, 콧구멍이 좁고 볼이 얄팍해도 토끼를 구슬릴 만한 말재주는 넉넉하옵니다. 신이 죽는 한이 있어도 반드시 토끼의 간을 구해 올 것이오니, 용왕님께서는 화공을 시켜 토끼의 생김새나 그려 주옵소서."

그제야 용왕이 고개를 끄덕이며 말했어.

"내 이런 충신을 보았나! 참으로 올바르고 굳센 신하를

내가 몰라봤구나. 자라여! 내 그대를 믿겠네. 아니 아니,
그대만 믿겠네."

용왕이 화공 인어를 불러 당장 토끼를 그리라고 일렀지.

"예!"

인어가 서둘러 백옥으로 만든 벼루에 먹을 갈고 고운 비
단 위에 고운 붓으로 토끼를 그리려는데, 아차! 이를 어째!
인어도 토끼를 한 번도 못 보았단 말이지. 인어가 토끼를
못 그려 당황하는데, 다들 수군수군 말만 많고 아무도 나
서지를 못하네. 그도 그럴 것이 수중 사는 물고기 누가 토
끼를 보았겠냔 말이지!

"토끼에 대해서는 제가 좀 압니다."

성큼 나선 이는 합장군 조개와 친구 되는 전복이었어.

"저는 전생을 육지의 날짐승 꿩으로 살아 토끼와 친했습
니다. 사냥꾼이든 독수리든 만만한 것이 꿩과 토끼라, 저
아니면 나 죽겠네 하여 서로 도와주며 이심전심으로 친히
지냈지요. 하여 토끼의 생김새라면 훤하옵니다."

용왕이 눈을 크게 뜨며 물었어.

"옳다구나! 허면 토끼가 어찌 생겼는지 한번 일러 보아라."

전복이 신나서 토끼 생김새를 줄줄이 읊었어.

"흰 달 바라보는 그윽한 눈, 그 아래로 꽃향기에 취할 윤나는 코, 그 아래로 알밤 도토리 까먹는 단단한 이빨이 있습지요. 무엇보다 우짖는 새 노래 모으는 기다란 귀가 징표입니다. 최고로 좋은 붓 만드는 털이 백설처럼 온몸을 덮었으니, 사냥개에 쫓기는 깜찍한 발마저 수북합지요."

그사이 화공 인어 손이 비단 위에서 바삐 움직이더니, 과연 완성한 그림이 딱 토끼라! 두 귀는 쫑긋쫑긋, 두 눈은 도리도리, 허리는 짤록하고, 꼬리는 짤막하니, 영락없는 토끼거든.

자라는 화공에게 그림을 받아 잘 챙기고 용왕님께 인사를 올렸어.

"용왕님! 다녀오겠습니다. 부디 신을 기다려주소서."

용왕은 감동하며 자라에게 일렀어.

"옛날 어떤 왕이 늙지도 않고 죽지도 않는 약을 구해 오라고 신하를 떠나 보냈는데, 큰 연못에 가로막혀 끝내 돌아오지 못하고 한 줌의 흙이 되고 말았다는 이야기가 있네. 그대는 부디 살아서 돌아오게. 그대 같은 충신은 참말 귀하니 반드시 토끼를 잡아 돌아오시게. 자네가 토끼를 잡아와서 내 병만 낫게 해준다면, 그대 집안은 앞으로 떵떵거리며 살 것일세. 내가 땅을 안 주겠나 벼슬을 안 주겠나! 충신의 집안을 대대로 높일 것이네. 몸조심하고! 자, 자, 얼른 떠나도록 하게. 얼른!"

큰절을 올리고 용궁을 나온 자라는 우선 집으로 갔어. 갈 땐 가더라도 식구들 얼굴은 보고 가야지. 그런데 동네 입구부터 물고기들이 줄을 섰지 뭐야. 자라가 토끼를 잡으러 육지로 나간다는 소문이 벌써 퍼졌거든. 집안의 온갖 친척들은 물론이고 친구며 이웃이며 다들 자라 얼굴 보겠다고 몰려온 거라.

그래도 아들 보내는 어미 마음이 먼저라 다들 말을 아끼는데, 자라 어머니가 아들한테 일렀어.

"아들아! 네 아버지가 식탐이 많아 먹을 것만 보면 정신을 못 차리고 덤비다가 낚싯밥까지 덜컥 물어 일찍 돌아가시지 않았느냐? 그리하여 이 어미가 혼자 몸으로 너 하나 반듯하게 키우려고 얼마나 고생을 했는지는 너도 잘 알 것이다. 이제 네가 임금의 병을 낫게 하러 육지로 간다 하니 내 마음이 참으로 복잡하다마는, 부디 사명을 받들어 반드시 토끼를 잡아 오너라."

자라는 울컥해서 어머니께 절을 올렸어.

"명심하겠습니다, 어머님! 반드시 토끼를 잡아 집안을 일으키겠습니다."

옆에서 눈물을 훔치던 자라 아내도 말했어.

"여보! 집안일은 걱정 마십시오. 어머니도 잘 모시고 아이들도 잘 키우고 있겠습니다."

자라가 고개를 끄덕이며 당부했어.

"어머님을 극진히 모셔주오. 어린 자식들은 멀리 가지 못하게 살피시오. 세상에 말굽자라가 맛 좋다고 잡아다 삶아

먹는 놈들이 많다지 않소."

　줄줄이 섰던 친척들도 한마디씩 보탰어.

"아저씨, 평안히 다녀오세요!"

"형님! 아무쪼록 몸조심하시고요."

"조카, 잘 다녀오게!"

"우리 사위! 얼른 다녀오시게."

　고동이며 소라며 우렁이랑 달팽이까지 하고도 사돈에 팔촌까지 인사받고 인사하느라, 안 그래도 짧은 자라 목이 더 짧아졌어. 그래도 자기를 보러 온 지인들과 하나하나 눈 맞추고 자라는 그제야 집을 나섰지.

　물속이야 늘 보던 속, 물길이야 늘 다니던 길인데, 육지로 가자 하니 물결들이 왁왁 갈라졌다 대드네. 과연 거친 파도라! 그래도 자라는 앞으로 쑥쑥 나아갔어. 억센 파도를 헤치고 계속 나아갔어. 넓고 넓은 바다 건너 육지로 가려니 별 수 있나! 물결 헤치고 나아갈 수밖에…….

별주부 나선 길에

그렇게 한참을 나아가는 자라 눈에 설핏 땅덩이 같은 게 보이지 뭐야. 자라는 남은 힘을 끌어모아 더 더 헤엄쳤지. 마침내 푸른 물결을 타고 자라가 닿은 곳은 하얀 모래가 넓게 펼쳐진 해안가였어. 육지에 오른 자라는 고개를 쭉 빼고 여기저기를 둘러봤어.

"오! 여기가 바로 인간 세상이라는 육지로구먼!"

과연 사람들이 산다는 육지는 신기한 것들이 그득했지.

따끈하니 내려오는 햇볕은 마침 봄볕이라, 꽃 피고 새 우는 풍경이 아주 말끔했어. 맑은 하늘 둥실둥실 하얀 구름 몽실몽실, 멀리 고깃배가 들락날락 수평선도 새파랗단 말이지. 백사장 흰 모래 반짝반짝 빛나는데 그 위로 푸드덕 날아드는 새들 장단이 딱 맞춤이라.

"이야, 진짜 멋지구먼!"

짧은 목을 제대로 빼고 이리저리 구경하던 자라가 감탄했어. 그러다 자라는 찬찬 고개를 털었어. 이러고 있을 때가 아니지! 얼른 토끼부터 잡아야지 싶었거든. 듣자 하니 토끼는 산속에 산다고 했으니 얼른 산으로 가야지. 자라는 달리기 시작했어.

그런데 달릴 수야 있나. 마음은 달려도 몸은 느린걸. 엉금엉금 가는 게지. 느릿느릿 가는 게지. 아이고, 엉금엉금 느릿느릿 아직도 백사장을 못 벗어나네. 그래도 자라는 계속 갔어. 쉼 없이 엉금엉금 느릿느릿 갔어.

엉금엉금-.

느릿느릿-.

어느덧 들판에 들어선 자라야. 힘 들어 느른한 자라 콧속으로 꽃내음이 훅 들어왔어. 귓속으로 꿀벌 소리 잉잉, 시내 소리 졸졸, 앵무 소리 조잘조잘 들어오고, 슬쩍 고개 들어 보니 눈에는 나풀나풀 나비가 날고 늘어진 버들가지 일렁일렁하거든.

"이야! 참말로 아름답네!"

자라가 또 한 번 목을 빼고 감탄했어. 만날 물속에서만 살았으니 이런 냄새를 맡아 본 적이 있나, 이런 소리를 들어 본 적이 있나. 탁 트인 들판을 연초록 풀들이 덮고 알록달록 꽃잎이 바람 타고 솔솔 날리는데, 자라 마음이 아주 시원하거든. 자라는 산들산들 봄바람에 가슴을 더 내밀었어. 코로 숨을 쉬니 이리 좋은 것을!

'아이고, 참! 이럴 때가 아니지.'

퍼뜩 정신을 차린 자라가 짧은 발로 땅을 찼어. 얼른 산
에 가야지. 토끼 산다는 산으로 가야지. 토끼를 잡으러 산
으로 가야지. 자라는 또 달리기 시작했어.

그런데 또 달릴 수야 있나. 마음은 달려도 몸은 또 느린
걸. 또 엉금엉금 가는 게지. 또 느릿느릿 가는 게지. 아이
고, 엉금엉금 느릿느릿 아직도 들판을 못 벗어나네. 그래도

자라는 계속 또 갔어. 쉼 없이 엉금엉금 느릿느릿 또 갔어.

엉금엉금-.

느릿느릿-.

그러고 보니 어느덧 산길로 접어든 자라야. 아름드리나무가 무성한 산속에 뾰족한 바위를 꼬맨 듯 낭떠러지가 쭈르르 이어지고 세찬 계곡물이 울렁울렁 떨어지는데, 자라 입이 떡 벌어졌어. 만날 물속에서만 살았으니 하늘을 찌르고 선 나무를 본 적이 있나, 콸콸 쏟아졌다 우당탕 꽝꽝 때리는 폭포수를 본 적이 있나. 산이 떠나가도록 울며 물길로 나아가는 폭포를 보고 있으니, 저절로 그 자리에 주저앉게 되지 뭐야.

"세상에! 어찌 이런 경치가 있을꼬!"

그러는 사이 벌써 해거름이야. 발갛고 노란 노을이 슬멋슬멋 산으로 내려앉는데, 그제야 자라 목이 쏙 들어갔어.

"아차! 이러고 있을 때가 아닌데!"

자라가 두리번거리며 사방을 살피는데, 점점 어두워지는 만큼 제 속도 점점 타들어 가거든. 어찌어찌 산에는 왔는데, 토끼는 구경도 못하고 지붕도 없는 바깥에서 밤을 나게 생겼으니 어째. 허탈한 마음에 자라가 큰 숨을 쉬는 데……. 가만! 이게 무슨 소리야.

"나그네는 뉘시오?"

폭포수 저편 아래서 소리가 났어. 혹시 몰라 자라가 입을 꾹 다물고 있는데, 물에 함빡 젖은 이가 엉금엉금 느릿느 릿 자라한테 건너왔지. 어라! 그런데 그 모양이 자라랑 비 슷하네. 자라를 똑 닮았네! 자라는 그제야 예의를 차려 인 사했어.

"이르신 대로 저는 동쪽으로 가든 서쪽으로 가든 정처 없 는 나그네이올시다. 선생은 뉘십니까?"

자라를 마주 본 이가 대답하는데 이쪽도 고상한 척하기 가 이를 데 없어.

"제가 누구인지 길고 긴 그 사연을 어찌 다 이르겠습니 까? 허나 당신의 생긴 모습이 나와 너무 닮았으니 간단히 라도 말씀드리지요. 우리 조상님으로 말할 것 같으면 대대 로 남쪽 바다 용궁에서 벼슬을 하며 충신으로 대가 이어졌

답니다. 그러나 조부님의 강직한 성품으로 임금님 눈 밖에
나니, 바른말 하는 신하를 내몰려는 간신들에게 모함을 당
해 인간 세계로 귀양을 오시게 되었습니다. 그때부터 조부
님은 산속에서 노닐며 바위에 걸터앉아 먹는 것도 잊은 채
고향을 그리워하는 노래를 지어 부르셨지요. 그 강직하고
야윈 모습이 아름답다 하여 사람들이 특별한 이름을 지어
주기도 했소이다."

자라가 궁금해서 물었지.

"그 이름이 무엇이오?"

"남쪽 바다에서 왔으니 '남녘 남'이오, 온 세상이 욕심으
로 가득하나 홀로 깨어 절개를 지킨다 하여 '깰 성'이라 하
니, 바로 '남성 선생'입니다. 그런데 자나깨나 그리워하던
조부님의 마음이 하늘에 닿았는지 바다에 살던 아내가 남
편을 찾아 육지로 올라와 다시 만나게 되니, 이때부터 우
리 가문은 아예 육지에 터를 잡았답니다. 도토리를 주워
먹으며 자식을 낳고 기르니 바로 제가 그 후손이올시다.
허나 가난한 형편에 자식을 낳을 때마다 이름을 지을 수

없어 대대로 그 이름을 물려받았으니, 아들도 남생이, 손자도 남생이, 증손도 고손도 나도 남생이라 부릅니다."

오호라! 그러니까 지금 자라와 똑 닮은 이가 남생이라. 자라가 들어 보니 '남성'이라 불리는 이 남생이가 거슬러 올라가면 자라와 한 핏줄이 틀림없거든. 고생고생 해서 육지에 올라 동종 친척을 만나니 자라 마음이 울컥하지 뭐야.

"세상일은 참으로 알 수 없다더니 이게 다 무슨 일이오! 내가 알기로 먼 옛날 우리 조상님에게는 여섯 형제가 있었답니다. 그 여섯 형제가 모두 힘이 천하장사라 높은 산 서너 개쯤은 거뜬히 들어 옮겼다지요. 그중 네 형제의 후손은 여전히 물속에 살지만, 두 형제의 후손은 안타깝게도 대가 끊어졌답니다. 그런데 지금 이야기를 듣고 보니 그대야말로 잃어버린 우리 조상님 중의 한 핏줄이 틀림없소이다. 이리 반가울 데가 있나!"

눈에서 눈물이 펄펄 솟는 남생이가 자라를 끌어안으며 울먹였어.

"참으로 반갑습니다. 한 뿌리에서 나와 바다와 육지에서

서로 엇갈려 살다 우연히 만나니 반가운 이 마음을 어찌
다 이르겠습니까. 그나저나 우리 친척께서는 그 귀하디귀
한 몸으로 어찌 수중에서 나와 험한 길을 가십니까?"

자라는 한숨을 한 번 쉬고 답했어.

"우리 용궁의 물이 해마다 더러워지더니 마침내 더 이상
은 살 수 없을 지경에 이르렀답니다. 그래서 용궁을 옮겨
지으려 하는데, 좋은 터를 일러 줄 인물을 모셔 가려 왔습
니다. 푸른 산에 사는 토끼의 눈이 그리 밝다기에 새 용궁

터를 봐주십사 청하려고 이리 먼 길을 왔지요."

남생이가 물었어.

"토끼는 만나셨습니까?"

"평생 물속에만 살아 토끼의 생김새도 모르니 어찌 만나겠소? 걱정이 태산이오."

갑자기 남생이가 자라 다리를 덥석 잡지 뭐야.

"아이고, 걱정 마십시오! 제가 일러 드리면 되지요. 여기 산속에서는 뭔 일이 있으면 털 있는 짐승들이 죄다 모이는 회의가 열린답니다. 두꺼비랑 나는 비록 몸에 털은 없지만 발이 넷이라고 하여 종종 회의에 부른답니다. 안 그래도 무슨 큰일이 있는지 다가오는 보름에 낭야산 취옹정에 모이라고 다람쥐 편에 소식을 보내왔더이다. 그동안 우리 집에서 편히 쉬다 그날 함께 가십시다. 회의에 가시면 토끼는 물론이고 산속에 있는 각종 털 짐승들이라면 다 볼 수 있을 겝니다."

이게 웬 떡이냐 싶었지만, 자라는 또 점잔을 떨었어.

"그리하면 토끼도 보고 각종 짐승도 구경하니 기쁘겠으

나 초면에 너무 폐를 끼치게 되어 제 마음이 편치가 않으니……."

남생이가 도리질을 쳤어.

"무슨 말씀을 그리 서운하게 하십니까? 친척을 이렇게라도 도울 수 있으니 제 마음이 다 흐뭇합니다."

그래서 일단 남생이 집으로 갔지. 둘이 사이좋게 앞서거니 뒤서거니 갔지. 엉금엉금 느릿느릿 계속 갔지. 다행히 남생이 집이 멀지 않아서 자라는 그 밤에 아주 단잠을 잤어. 육지에 오르고 처음으로 발 뻗고 누우니 얼마나 편한지 몰라.

날이 밝으니 또 남생이 친척들이 몰려와서 잔치가 벌어졌는데, 집집마다 돌아가며 자라를 초대하는 바람에 아주 흥이 났지 뭐야. 보름이 올 때까지 만날만날 극진한 대접을 받느라 자라 입이 좋아라 찢어졌지.

그리고 드디어 보름이 낼모레라 남생이랑 자라는 손 붙잡고 길을 나섰어. 느릿느릿 엉금엉금 낭야산 취옹정에 가자면 서둘러야지, 별 수 있나!

각색 짐승 산속에 모여

낭야산에 가보니 그야말로 각색 짐승이 모였는데, 난생처음 보는 털 동물들에 자라 눈이 팽팽 돌아갔어.

지혜와 덕이 뛰어난 사람한테 배웠다는 기린, 황제가 모셨다는 코끼리, 화 잘 내는 사람의 암팡진 목소리 같은 사자, 높은 산에서 어슬렁어슬렁 내려오는 곰, 동쪽으로 흐르는 강물을 바라보며 밤새 우는 원숭이, 거룩한 데서 유유히 놀던 사슴, 제갈공명이 말 사냥하다 잘못 죽여 눈물을 흘렸다는 노루, 호랑이 없는 산속에는 자기가 왕이라는 살쾡이, 주인 없는 무덤과 사당을 지키는 여우, 족보 짓는 붓털에 쓰는 토끼, 이빨 하나는 날카로운 들쥐, 소식통 다람쥐들이 벌써 빙 둘러앉아 있거든.

뒤를 이어 기름 많은 멧돼지, 냄새 나는 족제비, 털 좋은 너구리, 벌통 헤집는 오소리, 뿔 좋은 고라니, 축축하니 젖은 두꺼비까지 쏙쏙 도착하니 저마다 자리를 잡고 앉았지. 자라는 누구보다 산속의 왕이라는 호랑이가 궁금하여 남생이한테 슬쩍 물었어.

"이중에 누가 과연 호랑이입니까?"

짧은 목을 더 움츠리고 남생이가 일렀어.

"범이라고도 불리는 호랑이 대왕님은 원래 가장 늦게 오십니다. 아마 지금쯤 오실 때가 되긴 했을 겁니다. 아, 마침 저기 오시네요. 저기 빳빳한 하얀 수염에 얼룩덜룩한 털이 있는 저 분이 바로 호랑이 대왕이십니다."

자라가 목을 빼서 보니 과연 산중호걸 호랑이가 위풍당당 걸어오는데, 어디서 이런 노래가 들리는 것 같지 뭐야.

범 내려온다, 범 내려온다

송림 깊은 골로 한 짐승이 내려온다

누에머리를 흔들며 양 귀는 쭉 찢어지고 몸은 얼룩덜룩

항아리 같은 앞다리, 화살집 같은 뒷다리

새 낫 같은 발톱으로 엄동설한 백설 뒤집듯

풀뿌리 흙모래 좌르르르 헤치고

주홍빛 입 쩍 벌리고 긴 꼬리를 끌며

어슬렁어슬렁 범 내려온다

천천히 내려온 호랑이가 하필 자라 앞에 우뚝 서더니 한
바탕 포효를 늘어놓네.

"어흐으으으흥!"

하늘이 찢어지고 땅이 뒤집히는 소리에 놀라 자라가 바
닥에 납작 엎드렸는데, 그 바닥도 쩌렁쩌렁 울리지 뭐야.
참말 무시무시한 산속의 왕일세!

낭아산 취옹정에 모인 짐승들이 다 같이 일어나 호랑이
를 맞는데, 무슨 바람이 들었는지 호랑이가 기린한테 상석
을 권하네.

"오늘은 내가 아니라 모든 이에게 존경받는 우리 기린님
이 앉으십시오."

기린이 펄쩍 뛰었어.

"아닙니다. 저는 그저 새 임금을 모신다 하여 한양에 올라가는 길에 털 있는 짐승들 회의가 열린다 하여 얼굴이나 볼 겸 잠시 들렀을 뿐입니다. 어찌 지나가는 나그네가 가장 상석에 앉겠습니까?"

기린이 긴 목을 홰홰 저어가며 거절하는 통에, 호랑이는 왼쪽에 따로 만든 자리에 기린을 앉혔어. 그리고 아래로 코끼리, 사자, 곰, 원숭이가 앉은 뒤에 마침내 가장 높은 자리에 호랑이가 앉았지. 회의의 주인이 된 호랑이가 말문을 열었어.

"오늘 우리가 모인 것은 요즘 세상 사람들이 자꾸 흉악해져 온갖 꾀로 짐승을 잡아먹는 데 혈안이 됐기 때문이오. 나무도 땔감으로 뭉텅뭉텅 베어 가니 사냥꾼한테 쫓기기라도 하면 몸을 숨길 만한 숲도 마땅치 않소. 이러다가 산속 털 있는 짐승들이 멸종이라도 당하면 큰일이니, 여기서 함께 대책을 의논해 봅시다. 저마다 좋은 생각이 있으면 일러들 주시오."

산속 짐승도 잡아먹고 산속 나무도 베어 가는 사람들 때문에 털 있는 짐승들이 아주 힘든가 봐. 모인 짐승들이 하나같이 고개를 끄덕끄덕했지.

털이 반지르르한 너구리가 나섰어.

"옛말에 하늘과 땅이 열린 뒤로 사람이 가장 귀하다 했으니 우리들 짐승이야 모두 사람을 위한 것입지요. 사람은 고기를 먹도록 태어났고 짐승은 고기를 내주도록 태어났으니, 사람에게 잡아먹히는 것이야 조금도 서럽지 않습니다. 괘씸한 것은 바로 사냥개입니다. 그것들은 우리와 조금도 다름없는 털 난 짐승이거늘 다른 개들처럼 똥이나 먹으며 도둑이나 쫓을 것이지, 어찌 분수도 모르고 우리를 잡으려 합니까? 제 종족을 무참히 물어 죽이는 못된 것들을 보면 아주 속이 뒤집힙니다. 그리하여 감히 호랑이님께 청을 올리니 앞으로 다른 짐승은 잡숫지 마시고 사냥개들만 보이는 대로 잡아드시옵소서. 그리하면 족제비, 너구리, 오소리, 고라니 말고도 모든 짐승들이 호랑이님의 은덕에 감사할 것입니다."

그런데 호랑이가 고개를 옆으로 돌리고 이러지 뭐야.

"나라고 어찌 사냥개에 원한이 없겠느냐? 사냥개들 모조리 잡아먹고 퉁퉁해진 배를 탕탕 두드려도 원한이 아니 풀릴 것이다. 그러나 사냥개란 놈들은 항상 일등 포수를 따라다니지 않더냐? 낮에는 앞장서고 밤이면 함께 자고 찰싹 붙어 있단 말이지. 섣불리 덤벼들었다가 포수의 총에서 불이라도 뿜으면 내 목숨은 어쩌란 말이냐?"

너구리가 다시 물었지.

"허면 저 괘씸한 사냥개들을 저대로 그냥 내버려 두시겠단 말씀입니까?"

호랑이가 눈썹을 찌푸리며 말했어.

"옛말에 토끼 사냥이 끝나면 사냥개도 삶아 먹힌다는 말이 있다. 사냥개인들 어찌 죽을 날이 없겠느냐?"

그때, 호랑이 눈치를 보던 노루가 불쑥 끼어들었어.

"오늘 이 뜻깊은 모임에 털 난 짐승들이 다 모이고 특별히 기린 선생까지 오셨는데 무슨 음식이라도 장만하여 대접하는 것이 도리 아니겠습니까?"

그제야 호랑이 눈썹이 펴지며 화색이 돌았어.

"역시 나이가 많아 지혜로운 노루 선생이 예의를 아시오."

여우가 톡 나섰어.

"부지런한 우리 다람쥐가 겨울 양식으로 모아 둔 밤과 도토리가 아직 실하답니다. 모두 가져오라 하여 한 상 푸짐하게 차리라 하면 어떨까요?"

호랑이가 고개를 끄덕였어.

"그것 참 좋은 생각이로구나! 다람쥐는 당장 그리 하도록 하라."

다람쥐 볼때기가 톡 튀어나왔어. 아껴 둔 양식을 빼앗기니 못마땅해 죽겠거든. 그래서 얼른 한마디 보탰지.

"들쥐도 양식을 많이 모아 둔 줄 압니다. 혼자보다야 둘이 가져다 바치면 더욱 풍성한 상차림이 될 줄 아뢰오."

호랑이가 더 크게 고개를 끄덕였어.

"아무렴, 그렇고말고! 들쥐도 모아 둔 양식을 가져오너라."

속상한 들쥐 눈이 세모로 찢어졌지만, 작고 힘 없으니 별수 있나! 그리하여 다람쥐와 들쥐가 차린 열매로 맛난 상이 차려지니 다들 좋아라 나누어 먹고 왁자지껄 떠들었지.

그런데 다시 눈썹을 찡그린 호랑이가 이러지 뭐야.

"그런데 나무 열매는 못 먹고 고기만 먹는 나는 어쩌면
좋을까?"

다들 움츠리고 말이 없는데 또 여우가 나섰어.

"호랑이님 식성에 나무 열매는 당치도 않습지요. 들리는

소문에 지금 멧돼지가 큰자식 놈을 내다 팔려고 한답니다.
엽전 열 냥만 주시면 제가 사다 바치겠습니다."

　호랑이는 입맛을 쩍쩍 다시며 여우를 칭찬했어.

　"여우 선생이 참으로 내 식성을 잘 아시는구먼.
자, 이쪽으로 좀 오시오. 내 옆에 앉으시게."

여우가 팔짝 뛰어 호랑이 곁으로 가는데, 들고 있던 멧돼지 속이 시커멓게 탔지. 기가 막히고 코가 막히고 피가 거꾸로 솟았지만, 그래도 어째! 여우 같으면야 기다란 엄니로 당장 콱 물어 뜯겠지만, 호랑이한테는 못 그러거든. 호랑이는 못 이기지. 멧돼지는 이를 북북 갈며 큰자식을 호랑이 먹잇감으로 바쳤어.

뒤숭숭해진 판에 다들 말이 없는데, 염치도 없고 눈치도 없는 여우만 자랑질에 입이 찢어졌지.

"세상 못난이들이나 남에게 들볶이는 법이지. 나처럼 약은 이는 세상에 두루두루 어울리며 잘 살아간다 이 말씀이야. 어느 자리를 가든 가장 높은 이, 가장 힘센 이를 알아보고 딱 그의 비위만 잘 맞추시오. 그럼 나처럼 평생 대우받고 평안하게 살 수 있지!"

부끄럼도 모르는 여우를 보자니 다들 아니꼬운데, 곰이 버럭 소리를 질렀어.

"듣자 듣자 하니 못하는 소리가 없네! 대체 우리가 오늘 모인 까닭이 무엇이오? 우리를 해하는 것들을 좀 없애 보자는 것 아니었소? 헌데 사냥개를 없애자 하니 포수가 무서워 할 수 없다 하고, 들쥐와 다람쥐만 애써 마련한 식량 다 빼앗기고 그 가족은 굶어 죽게 생겼소. 자식을 잡아 바친 멧돼지는 어떠하오? 기세에 눌려 자식 잃은 고통을 보고도 자랑질을 해? 여우 놈한테 밉보인 누가 또 무슨 일을 당할지, 저 여우 놈 웃음소리 뼈저려서 못 듣겠네. 이거야 원, 당장 그만두십시다. 회의는 무슨 회의……."

맞기도 맞는 말, 옳기도 옳은 말이라! 무안해진 호랑이가 불그스레한 얼굴로 일어났어. 눈치 보던 다른 짐승들도 하나둘 제 집으로 돌아가니 여우만 혼자 남았지. 여우는 으득으득 이빨을 갈며 욕했어. 털레털레 걸어가는 곰의 뒤통수에 대고 말이야.

"미련한 곰탱이! 어디 두고 보자. 내 너를 반드시 해할 것이다. 호랑이님과 싸움을 붙이거나 아니면 포수 총에라도 맞아 죽게 하고 말지."

벼슬 줄게 용궁 가자!

납작 엎드렸던 자라는 아까 일어났어. 토끼가 집에 간다고 일어났을 때 말이야. 그런데 깡충깡충 토끼가 얼마나 빠른지 몰라. 요리 폴짝 조리 폴짝 바윗돌 사이를 콩콩 잘도 뛰거든. 자라는 정신을 바짝 차리고 토끼를 따라갔어.

그래도 확인은 해야지. 용궁에서 인어 화공이 그려 준 그림 속 토끼가 맞나 안 맞나! 목 사이에 감춰 둔 그림을 꺼내 맞춰 보니 과연……. 두 귀는 쫑긋쫑긋, 두 눈은 도리도리, 허리는 짤록하고, 꼬리는 짤막하니, 맞아 맞아! 바로 그 토끼, 백설 같은 털이 온몸을 덮은 토끼야!

자라는 급한 마음에 소리를 꽥 질렀어.

"여보시오, 토 생원!"

토끼가 그 자리에 우뚝 멈췄어.

'생원? 토 생원? 누가 나를 이리 존대하며 부르나?'

쪼끄만 게 만만하다고 대놓고 무시하던 짐승들한테는 한 번도 못 들어본 소리, 토 생원이라니! 토끼 마음이 살살 녹았지. 토끼는 얼른 뒤를 돌아 소리가 나는 쪽으로 깡충깡충 뛰어왔어.

"누가 나를 찾나? 그 누가 나를 찾나? 하늘에서 신선들이 바둑 두자 찾나? 산속에서 선비들이 술 먹자고 나를 찾나?"

신이 나서 이리 방방 저리 방방, 고개를 까딱대며 달려오는 토끼를 보고 자라는 땅에 넙죽 엎드렸어. 토끼가 와서 보니 시커멓고 납작하고 둥그런 것이 땅에 붙어 있거든.

"이게 무엇인가? 이게 무어야?"

토끼가 갸웃대며 혼잣말로 묻고 혼잣말로 대답했어.

"딱딱 말라붙은 쇠똥인가? 깨진 무쇠솥 뚜껑인가? 깊은 산속에 어찌 이리 희한한 것이 있을까? 아이고, 아이고! 그게 아니라 사냥 나온 포수가 화약을 무더기로 꺼내 놓고 똥 누러 갔구나! 도망가자, 얼른 도망가자!"

화들짝 놀란 토끼가 도로 튀어 가는데, 자라가 발딱 일어나 불렀어.

"여보시오, 토 생원!"

후닥닥 도망치던 중에도 똑똑히 들려오는 생원 소리에 토끼는 다시 그 자리에 섰어.

"아이참, 희한하네! 누가 나를 부르긴 부르는데……."

토끼가 살살 머리를 흔들며 다시 소리 나는 쪽으로 깡충깡충 튀어오다 자라와 딱 부딪혔지 뭐야.

"아이코, 코야!"

토끼가 벌렁 나자빠지며 소리를 지르는데, 자라가 그제야 목을 빼서 말했어.

"아이고, 이마야! 아니, 초면에 남의 이마는 왜 그렇게 들이받으시오? 그래도 이것도 인연이니 서로 인사나 합시다."

난생처음 자라를 보자니 토끼는 덜컥 겁이 났어. 아까는 안 보이던 목이 뱀 기어 나오듯 시커먼 화약 무더기에서 슬금슬금 나오니 그럴 수밖에! 그래서 가까이도 못 가고 멀찍이서 물었지.

"내가 깊은 산속에서 이리 늙는 동안에 아직까지 너처럼 생긴 것은 본 적이 없다. 도대체 너는 무엇이고, 나는 어찌 알았으며, 부르기는 왜 불렀느냐?"

자라는 천천히 대답했어.

"옛말에 멀리서 벗이 찾아오면 기쁘지 아니한가 했으니 토 생원처럼 지혜가 깊은 분이 이 말을 모르시지는 않으실 터인데, 어찌 무식한 이들처럼 두려워하며 곁에 오지도 못하시오? 내가 토 생원을 너무 높이 본 모양입니다."

어쩐지 자라 말이 유식해 보여서, 토끼는 폴짝 뛰어 자라 가까이 갔어.

"벗이라 하는 댁은 대체 뉘시오?"

"나로 말하면 저 깊고 깊은 북쪽 바다 용궁에서 벼슬을 살고 있는 자라라고 하오."

토끼 눈이 커다래졌어. 용궁에서 벼슬을 한다니 아주 높은 이 같았거든. 그래서 조심스레 물었지.

"산과 바다는 한참이나 떨어져 있는 것으로 아는데, 용궁 신하가 무슨 일로 이 험한 산속까지 오셨소?"

자라는 목소리를 한 자락 더 깔고 대답했어.

"제가 모시는 우리 용왕님의 은혜가 그야말로 넓고 넓은 바다와 같습니다. 바다로 말할 것 같으면 사방 팔천 리가 넘는 광대한 곳이니 하루인들 어찌 편안히 쉬겠습니까? 다만 안타까운 것은 내 재주가 모자라 용왕님을 받들어 모시지를 못하니, 용왕님 곁에서 훌륭히 일을 돕는 지혜로운 신하를 찾아 온 세상을 두루 돌아다니는 중이라오."

이런 충성스러운 신하가 있나! 토끼는 감동해서 또 물었어.

"오호라, 그렇군요. 그렇다면 찾고자 하는 신하는 찾았소이까?"

자라가 빙그레 웃으며 말했지.

"그렇습니다. 여태 못 찾다 비로소 찾았지요. 안 그래도 오늘 산속 털 있는 짐승들의 회의가 열린다고 하여 남생이와 함께 와 보았답니다. 그 자리에 모인 각색 짐승들을 하나하나 뜯어보았지만 우리 용왕님을 받들어 모실 만한 이는 하나뿐이더군요."

"그게 누구요? 혹시 곰이오? 아니면 표범인가?"

"아닙니다. 곰도 아니고 표범도 아니고 그들보다 훨씬 훌륭한 인물이 있었으니, 바로 당신 토 생원이었소!"

"엥? 나라고요?"

깜짝 놀란 토끼 가슴이 꿀렁꿀렁하더니 자랑스러운 마음에 등이 쫙 펴지지 뭐야. 그간 작고 힘없어 겪은 설움이 사르르 사라지는 것 같았어. 토끼는 자기를 알아주는 자라 앞에서 더욱 점잖게 굴고 싶었어.

"지나친 칭찬이십니다. 재주도 보잘것없는 내가 어찌 감히 용왕님을……."

자라가 고개를 저으며 힘주어 말했어.

"내가 보니 토 생원이야말로 지혜가 깊은 분 같소이다. 그러니 지금 당장 나를 따라 용궁으로 가십시다. 용왕님이 토 생원에게 큰 벼슬과 상을 내릴 것이오."

토끼는 팔짝 뛰게 좋았지만, 한편으로는 의심도 들지 뭐야. 도대체 언제 자기 지혜를 보았을까 싶었거든. 그래서 슬쩍 물었어.

"내가 대체 곰이나 표범보다 어디가 낫더이까? 그 얘기 좀 들려주시오."

자라가 술술 대답했어.

"곰은 몸집은 거대하나 눈이 작고 검은 털로 뒤덮여 태양

의 기운을 골고루 받지 못했으니 미련하여 안 됩니다. 표범은 용맹은 하나 코가 짧고 콧등이 뭉툭하니 주저앉아 장수하기 어려운 관상이지요. 미련한 신하도 아니 되고 용왕님보다 먼저 죽는 신하도 적당치 않습니다. 그에 비하면 토 생원은 나라가 평안할 때는 임금을 잘 받들 충신의 관상이자 나라가 어려울 때는 떨치고 일어날 영웅의 관상이니, 제가 이리 부탁하는 것이랍니다."

관상 이야기에 토끼는 더 궁금해졌어.

"내 관상이 그리 좋소? 어디가 어떻기에 그리 좋소?"

자라가 능청맞게 말했어.

"토 생원은 눈이 밝은 만큼 머리도 총명해 하늘과 땅의 이치를 모조리 꿰뚫지 않으십니까? 몸집은 작아도 발이 빠르니 아무에게도 쉽게 잡히지도 않으시고요? 말솜씨가 뛰어나니 토 생원이 말씀을 하시면 저절로 고개가 끄덕여지고, 골똘히 깊은 생각에 잠겨 까무룩 조는 것처럼 보이는 모습까지 무엇 하나 예사롭지가 않습니다. 하나부터 열까지 모든 것이 충신의 부족함이 없고 뭇 짐승들 중에서도

으뜸입니다. 내 말대로 용궁만 가시면 출세는 틀림없으니 얼른 가십시다!"

자라 말에 토끼는 기분이 째졌어. 하지만 실제로는 무식한 토끼라서 용궁까지 갔다가 망신이라도 당하면 어쩌나 싶었지. 그래서 또 물었어.

"용궁에는 글 잘하고 똑똑한 신하도 많겠지요?"

자라 눈에는 토끼 속이 빤히 보였어. 용궁엔 가고 싶은데 제 실력이 들통날까 토끼가 걱정하는구나 했지. 자라는 천연덕스럽게 대꾸했어.

"용궁에 글 잘하고 똑똑한 신하가 많으면 지난번에 새로 용궁을 짓고 축하하는 글 하나를 못 써서 이곳 인간 세계로까지 나와 글 잘하는 선비를 초청했을까?"

토끼는 혹했지만, 이번에는 제 몸뚱아리가 염려되었어. 육지에서처럼 작은 몸집 때문에 설움이라도 당할까 걱정이 되거든. 그래서 다시 물었지.

"그렇다면 용궁에는 키가 큰 신하들은 많습니까?"

자라는 또 허풍을 떨었어.

"용궁 대들보를 올릴 때 키가 큰 신하를 찾고 찾다가 못 찾아 결국 내가 대들보를 올렸습니다. 그 넓은 용궁에 나만 한 키를 가진 신하도 없소이다. 만일 토 생원이 용궁에 오시면 어마어마한 거인이 왔다고 모두들 놀라 자빠질 것이오."

토끼는 안심이 되어 고개를 끄덕거렸어. 글 잘하는 신하도 없고, 키 큰 신하도 없다 하니, 용궁에 가면 자라 말대로 엄청 대우받을 것 같았거든. 그런데 한편으로는 또 바닷속이 좀 그렇지 뭐야. 여태 산속에서만 살았는데 어찌 바닷속으로 가나 싶었지. 망설이던 토끼가 기어이 고개를 저어 가며 자라한테 말했어.

"댁을 따라 벼슬 살러 가는 것도 좋기는 하겠습니다. 허나 이제껏 살아온 산을 떠난다는 것이 마음에 걸립니다. 산속에서 사는 즐거움도 흥겨웠으니 말입니다. 아무래도 살던 대로 사는 것이 나을 듯합니다."

잘 되어 가는 것 같더니 느닷없는 토끼 말에 자라는 속이 탔어.

열 놈이 와서 백 마디 말로 말려도

그래도 자라가 누구야? 아무렇지 않은 척, 외려 물었지.

"그 산속의 즐거움과 흥겨움이 무엇인지 내게도 일러주오. 그리 좋다면 나도 용궁으로 돌아가지 않고 이곳에 눌러살게 말이오."

토끼가 신나서 자랑을 시작했어.

"봄이면 산마다 푸릇푸릇 꽃 피어 알록달록 병풍을 두른답니다. 꾀꼬리 노래하고 나비는 춤추는데 어울려 덩실덩실 놀다 보면 하루해가 금세 저물지요. 초록 이파리 무성한 여름이면 향기 뿜는 풀들 우거지고 휘늘어진 수양버들 사이로 그네 타는 아가씨들 색색 꽃잎 치마가 휘날리고요. 산봉우리 끝에서 피어오르는 뭉게구름은 온갖 모양을 만들며 놀고, 수풀 사이 퐁퐁 솟는 옹달샘 물놀이는 무더위

를 식히는 극락의 재미랍니다.”

“가을은 어떻소?”

자라가 궁금해하니까 토끼는 더 신이 났어.

“가을 바람 솔솔 불어오면 구슬 같은 이슬이 서리가 되어 내린답니다. 서리 맞아 물든 단풍은 봄꽃보다 더 붉지요. 높은 정자에 올라 국화주를 마시며 울긋불긋 산속의 단풍과 노는 일이 산속의 가을이랍니다. 겨울도 겨울대로 즐거움이 가득하지요. 철새가 떠난 겨울 산속을 나귀 타고 살살 다니며 눈 속에 핀 매화를 구경합니다. 멀리서 찾아온 벗과 먹고 마시며 긴 겨울밤을 보내는 즐거움을 어디에 비할까요?”

토끼는 아쉬운 듯 또 말했어.

“사시사철 고운 풍경, 푸른 산 푸른 물이 다 내 것이지요. 맑은 바람 밝은 달이 내 친구요, 바위틈 따뜻한 굴속이 내 집이랍니다. 이런 데서 놀고먹고 즐거우니, 아무리 용궁이 좋다 하여도 고향 떠나면 신세가 처량해진다는 옛말이 있지 않습니까? 고향에서 살던 대로 살까 합니다.”

자라는 슬슬 화가 났어. 토끼를 꾀느라 마음에도 없는 칭찬으로 치켜세워 주었더니 진짜 제가 잘난 줄 알고 엄벙덤벙 날뛰는 꼴이 그야말로 가관이라, 아무리 생각해도 이놈의 기를 한번 꺾어서 데려가야겠다 싶거든.

"토 생원 허풍이 산바람 바닷바람보다 더 쌩쌩 부니 귀가 다 시립니다. 수중 사는 이는 산속 일을 모르겠지 싶어 거짓말을 늘어놓나 본데 꼭 그렇지만은 않지요. 토 생원 가련한 신세 사시사철 낱낱이 읊어볼까요?"

자라는 토끼 대답은 기다리지도 않고 말을 이었어.

"눈 녹아 봄 오면 풀 자라고 꽃 피어나 이 골짜기 저 골짜기 배 채우러 다니지만, 토끼 잡자 둘러친 빈틈없는 그물이며 무서운 포수, 날쌘 사냥개가 소리치며 쫓아오니 꽁지가 빠져라 달아나기도 바쁠 겝니다. 거기다 하늘 높은 곳에서 독수리마저 목덜미를 턱 낚아채려 날아드니, 불구덩이 속에 쥐새끼처럼 도망치기도 바쁜 와중에 무슨 정신으로 꽃구경을 하겠소? 수풀 우거지고 날 더운 여름이면 진드기와 왕개미가 토 생원 온몸에 침을 놓으니, 짧은 손 짧

은 꼬리로 그것들을 잡을 수나 있습니까? 견디다 못해 산이라도 내려오면 기다렸다는 듯 나무꾼이며 농부들이 작대기 들고 호미 들고 쫓아오니, 이 와중에 한가롭게 목욕이 가당키나 합니까?"

토끼 입이 옴찔거리는데 자라가 쏘아붙였어.

"어디 가을이라고 나을까? 산봉우리마다 앉아서 토 생원 노리는 매와 독수리하며, 골짜기마다 쿵쿵대며 토 생원 잡자는 사냥개와 포수는 어떻고요? 몽둥이 든 몰이꾼이 양옆에서 몰고, 총 든 포수는 총구멍에 화약 박아 길목마다 지키고 앉았지요. 하늘로 솟을 수도 땅으로 꺼질 수도 없는 토 생원이 무슨 정신으로 국화주를 마시며 단풍을 구경한답니까?"

점점 붉어지는 토끼 얼굴을 보며 자라가 밀어붙였지.

"겨울 오면 산봉우리며 골짜기며 칼날 같은 매섭고 찬바람 획획 살을 에일 터이고 풀도 없고 열매도 없어 깜깜한 굴속에 들어앉아 여러 날 굶주린 배를 움켜쥐고 신음하기도 바쁜 중에, 무어! 먹고 마시며 매화 구경이라? 쯧쯧쯧!"

부끄럽고 무안하고 속상해서 고개도 못 드는 토끼에게 자라가 말했어.

"아무 걱정 없이 즐거움을 누리는 용궁으로 모셔가려 했는데, 이렇듯 아니 가시겠다 하시면 저도 어쩔 수야 없지요. 나는 이만 갈 길이 바빠서 떠나겠습니다."

그래 놓고 자라가 느릿느릿 뒤돌아서는데, 토끼가 움찔움찔하다 급히 자라를 불렀어.

"이보시오, 자라 양반! 아니 무슨 성미가 그리 급하시오? 내 말을 잠시만 들어주오."

그럼 그렇지, 자라는 호기롭게 한 번 더 퉁을 놓았어.

"내 할 말은 다 했습니다. 토 생원은 지금처럼 계속 산속에서 즐거움을 누리며 사시기를요!"

토끼는 자라를 붙잡으며 물었어.

"아니 아니, 혹시라도 육지에서 왔다고 나를 얕잡아 볼까봐 그런 거라오. 용궁에 가면 진짜 내가 편해지겠소?"

자라는 고개를 저으며 말했어.

"아직도 못 알아들으니 참으로 갑갑하오. 용궁에서는 용왕님만 잘 섬기면 되는 것을, 어디서 왔든 그런 것이 무슨 문제겠소?"

그제야 토끼가 결심한 듯 대답했지.

"좋소! 용궁으로 갑시다. 용궁으로 벼슬 살러 갑시다!"

자라가 환한 얼굴로 토끼 등을 떠미는데 토끼가 이러지 뭐야.

"갈 땐 가더라도 산속 식구들한테 작별 인사나 하고 갑시다!"

자라는 손사래를 쳤지.

"큰일을 하려면 되도록 알리지 않고 은근히 하는 법이오. 혹여라도 시기하여 쓸데없는 참견을 하거나 저도 따라간다 하면 어찌 감당하겠소? 결심이 섰으니 조용히 용궁으로 가십시다."

토끼가 고개를 끄덕이는 것 같더니 또 이러지 뭐야.

"그래도 아내한테는 인사를 하고 가야지요."

자라는 고개를 막 흔들었어.

"부인 눈물 바가지를 어찌 감당하시려고 그러오. 일단 아무 말 없이 용궁으로 가셨다가 높은 벼슬을 얻은 후 부인을 가마로 모셔오면 얼마나 좋아하겠소?"

한참 머뭇대던 토끼가 어렵게 발걸음을 떼었어. 자라는 바짝 올라간 입꼬리를 감추며 토끼를 재촉했지. 그런데 산모퉁이를 돌자마자 여우를 만났지 뭐야.

"토끼야, 너 어디 가니?"

"나 높은 벼슬 살러 용궁에 간다."

토끼 말에 여우가 눈을 크게 뜨며 말했어.

"절대 가지 마라! 물이 얼마나 무서운데 가냐? 배를 띄우기도 하지만 엎어 버리는 것도 물이다. 벼슬도 위태롭기 짝이 없지. 아침에 임금의 사랑을 받다가도 저녁에 죽을 수도 있는 게 벼슬이다. 그런데 벼슬을 살러 용궁으로 간다고? 그러다 굶어 죽거나 사고로 죽지."

여우가 캥캥대며 뛰어가는데, 안 그래도 엉덩이 가벼운 토끼 오금이 절절 저리네. 토끼가 덜덜 떨며 자라한테 그랬지.

"아무래도 나는 못 가겠소. 푸른 산 버리고 바다로 가는 이유는 오로지 벼슬 때문인데 벼슬이 이리 위험하다 하니 나는 못 가오.”

다 된 밥에 코 빠뜨리는 여우가 미워서 자라는 눈을 흘겼
어. 그리고 토끼에게 일렀지.

“토 생원은 어질고 착한 벗이 많아 좋겠소. 그럼 두 분이
서 잘 살아보시오. 저절로 굴러들어 온 복을 차는 것도 다
제 팔자니 난들 어쩌겠소?”

자라가 팩 돌아서 천천히 가는데, 토끼 궁뎅이가 또 들썩
들썩하거든. 토끼는 자라를 쫓아가며 물었어.

“굴러들어 온 복은 무슨 말이오? 내가 그걸 찬단 말이오?”

자라는 애써 맘을 누그러뜨리며 말했어.

“사실은 내가 육지에 와서 제일 처음 만난 이가 여우라지
요. 여우는 나를 보자마자 용궁으로 데려가 벼슬을 살게
해달라고 졸랐으나, 그 방정맞은 모습과 고약한 심보를 알
아보고 내가 절대 못 그런다고 거절했다오. 그런데 어찌
알고 이렇게 나타나 토 생원 앞길을 막으니, 원! 그 시커먼
속내야 뻔하지요. 토 생원 떼어 놓고 자기를 용궁으로 데
려가 달라는 것이겠소만……."

자라 말에 토끼 눈이 똥그래졌어.

"하! 여우 놈 하는 짓이 그러면 그렇지. 하마터면 여우 놈 거짓말에 깜빡 속을 뻔했소. 이제 내가 단단히 결심했으니 얼른 용궁으로 갑시다. 열 놈이 와서 백 마디 말로 말려도 나는 벼슬 살러 용궁으로 갈 것이오."

토끼는 폴짝폴짝 뛰어 자라보다 앞서갔어.

그러다 얼른 되돌아왔지. 엉금엉금 기어 느릿느릿 가는 자라가 답답해서 토끼가 길을 되돌아와 자라를 재촉한걸. 그렇게 둘이 갔어. 계속 갔어. 가파른 산길을, 바람 부는 들길을, 하얀 모래톱 백사장을 걸어서 걸어서 갔어.

그 넓고 시퍼런 바다가 나올 때까지.

"아니, 저, 저, 저것이 다 바닷물이오?"

놀란 토끼가 입을 못 다물고 말했어.

"그렇습니다. 얼른 가십시다."

자라가 저벅저벅 바닷물 속으로 들어가며 재촉했지.

"아니 아니, 이 깊은 데를 어찌 들어가오. 한번 빠지면 한 달을 내려가도 바닥에 발이 닿지 않을 것 같소."

자라는 마음이 급해서 거짓말했어.

"자자, 보시오! 내가 먼저 들어가 볼 테니. 보시오! 하나도 깊지 않소이다. 겨우 발목 정도 깊이요."

자라는 둥실둥실 떠서 허위허위 헤엄치며 말했지.

"수영하는 것 같은데……."

토끼 말에 자라가 큰소리를 쳤어.

"아이고, 일단 들어와 보면 알 것 아니오? 얼른얼른!"

토끼가 앞발은 언덕에 두고 뒷발만 슬쩍 물속에 담갔겠다. 이때다 하고 자라가 냅다 토끼 뒷다리를 물고 물속으로 확 끌어당겼어. 풍덩! 토끼가 바다에 빠졌지.

"아이고, 어푸어푸! 아이고, 토끼 죽네!"

지금은 간이 없소!

소리를 지르던 토끼는 금방 축 처졌어. 짜디짠 소금물 바닷물이 입으로 눈으로 콧구멍 귓구멍으로 막 들어오니 그럴 수밖에! 자라는 음흉한 목소리로 토끼한테 말했어.

"자, 이제 조용히 내 등에 업혀서 바다 구경이나 하시오. 내 얼른 용궁으로 모셔가겠소이다."

토끼는 죽을 둥 살 둥, 자라 등에 매달려 하염없이 바닷속으로 끌려갔어. 가도 가도 물길만 계속되는 바닷속을 내내 끌려서 갔어. 눈 감고 입 막은 토끼가 바닷속 그 어여쁜 신세계를 지나는 동안, 자라는 한 번도 안 쉬고 자맥질을 했어. 육지랑은 다르게 날래고 잽싸게 헤엄치는 자라 눈앞으로 멀리 용궁 수정문이 보였지. 드디어 토끼를 잡아 용궁으로 돌아온 거야!

"평안히 다녀오셨습니까?"

문지기들이 달려 나와 자라를 붙들며 인사했어.

"오냐! 내 등에 매달린 토끼부터 잡아 두거라. 내 얼른 용왕님께 아뢰고 오마."

자라는 뒤도 안 돌아보고 용궁 안으로 사라졌어.

그사이 어찌어찌 정신을 차린 토끼가 둘러보니 바닷속이 요지경이라. 산호며 진주며 수정이며 조가비로 장식한 용궁이 번쩍번쩍하고, 처음 보는 물고기들이 휙휙 헤엄치고, 바다 물풀들이 물결에 요래조래 춤을 추는데, 난생 처음 보는 모습에 눈이 똥글똥글 돌아가거든. 잔뜩 기대에 찬 토끼가 혼자 신이 나서 문지기들한테 물었지.

"이리 좋은 용궁에서 무엇이 부족해 나 같은 토끼를 부르셨을까요? 허허!"

문지기들이 빈정대며 답했어.

"우리 용왕님 앓으시는 깊은 병이 나으려면 토끼 간만 한 명약이 없다고, 신선이 오셔서 일러 주시지 않았겠소. 하여 자라 주부님이 육지에 나가 당신을 잡아 온 것 아니오?

이제 금방 죽을 텐데, 실실대며 웃는 걸 보니 육지에서 사는 짐승들은 뭔가 다르긴 다른가 보오."

문지기 말이 끝나기도 전에 토끼 귀가 바짝 섰어. 눈앞이 캄캄해서 자꾸 눈을 깜박였지. 가슴이 콩닥콩닥 널을 뛰는데, 꼼짝없이 죽겠구나, 딱 죽겠구나 싶지 뭐야. 그것도 이 바닷속까지 속아 끌려와 죽겠구나!

그때, 군사들이 달려 나와 토끼를 꽉 붙들고 용궁 안으로 끌고 갔어. 아이고, 이제 죽으러 가나 보다 하고 토끼는 눈을 꼭 감고 발발 떨었어. 마침내 무릎 꿇린 토끼가 실눈으로 살짝 보니, 북쪽 바다 용궁 신하들이 기다랗게 늘어서 용왕님 앞에 다들 머리를 조아리고 있어.

고래와 곤어가 좌우로 나누어 서고, 도롱뇽과 이무기는 앞뒤에서 날뛰었지. 이름은커녕 생전 처음 보는 물고기들이 눈앞에 가득한데 토끼 입에서 한숨이 계속 나왔어. 도대체 이렇게 기막힌 일이 다 있나!

토끼는 용왕님을 살폈어. 높다란 뿔 안쪽으로 구슬 달린 면류관을 쓰고 턱 밑 은빛 비늘이 눈이 부셨지. 그 용왕님이 토끼에게 말했어.

"나로 말할 것 같으면 여기 북쪽 바다를 다스리는 용왕이다. 그간 인간에게는 비를 주고 물고기 족속들은 덕으로 다스리며 은혜를 베풀었다. 그런데 우연히 얻은 병이 토끼의 간이 아니면 고칠 수 없다 하여 주부 자라를 육지로 보냈더니 마침내 너를 잡아 오늘에야 왔구나. 네 간을 먹고 병이 낫는다면 내 어찌 너의 공을 잊겠느냐? 죽은 뒤에 비단으로 몸을 싸고 구슬로 장식한 관에 넣어 천하의 명당자리에 묻어 주마. 산속 호랑이나 독수리 밥이 되거나 포수에게 잡혀 죽을 네가 어찌 이렇게 영광스러운 죽음을 맞이하겠느냐? 너는 죽더라도 서러워 말고 얼른 배를 내밀어 칼을 받으라!"

토끼 눈에서 굵은 눈물이 뚝뚝 떨어졌어. 생각해 보니 이게 다 제 잘못 같거든. 벼슬 준다는 자라 말에 눈이 뒤집혀 고향도 가족도 다 버리고 왔으니 이런 벌을 받는구나! 그런데 너무 괘씸하지 뭐야. 어찌 이렇게 폭삭 속았나, 어찌 이렇게 넙죽 속았나. 토끼는 바짝 약이 올랐어. 그러더니 슬슬 다른 생각도 들지 뭐야.

'아니지, 옛말에 호랑이한테 잡혀가도 정신만 차리면 살
수 있다고 했지. 어찌 죽을 생각만 하누! 여기서 살아 나갈
방법을 생각하지도 않고…….'

용왕이 우는 토끼에게 물었어.

"죽는 것이 서러워 우느냐?"

토끼가 슬프게 답했어.

"죽는 것이 서러운 게 아니라 죽지를 못해 우는 것입니
다."

이게 또 무슨 소리? 용왕이 다시 물었지.

"대체 그게 무슨 소리냐? 죽지 못한다니……."

토끼가 눈물을 쭉 짜내고 일렀어.

"용왕님 말씀대로 작고 약한 토끼는 인간 세상에서 하루
하루 힘들게 살다가 언젠가는 반드시 아무 이름도 없이 죽
게 마련이지요. 호랑이나 독수리 밥이 될 수도, 사냥개의
반찬이 될 수도 있습니다. 그러나 뱃속의 간을 내어 용왕
님 병을 고치면 그 공로가 자손 대대로 전해질 텐데 어찌

아니 기쁘겠습니까? 다만 이 방정맞은 것이 육지에다 간을 꺼내 놓고 왔기에 그것이 원통해 눈물이 나는 것입니다."

용왕의 눈이 똥그래졌다가 이내 접혔어. 용왕은 껄껄 웃으며 물었어.

"이런, 미련한 놈 같으니! 거짓말을 하려면 그럴듯하게 해야지. 세상 누가 그런 허무맹랑한 말을 믿겠느냐? 네 몸이 여기 있는데 네 간은 여기 없다? 어디 어디, 그 사연이나 한번 들어 보자!"

토끼도 질세라 깔깔깔깔 웃었어.

"아뢸 말씀은 정말 많사오나 용왕님께서 이리 무식하니 더 이상 말씀을 드려 무엇 하겠사옵니까? 그저 얼른 죽여 주시옵소서!"

용왕이 발끈했어.

"무어? 내가 무식해?"

토끼가 답했지.

"그렇사옵니다. 다른 분도 아니고 그 훌륭한 용왕님이시지 않습니까? 하늘에 오르시고 땅으로 내리시고 구름 속에

솟기도 하고 비를 내리기도 하시는 용왕님이라 세상의 모든 이치를 다 꿰뚫어 보는 줄 알았습니다. 헌데 토끼의 간이 들락날락한다는 사실도 모르신다니 드리는 말씀이지요."

용왕의 눈이 살짝 가늘어졌어.

"그럼 한번 말해 보아라!"

토끼는 가슴을 활짝 펴고 말했어.

"그럼 말씀 올리겠습니다. 하늘의 기운이 가득 차고 기우는 이치는 달이 맡고 있으니 보름 전에 가득 찼다가 보름 후면 줄어든다는 것은 모두 아는 사실입지요. 그리하여 달의 별명이 '옥토'입니다. 땅의 기운이 가득 차고 줄어드는 이치는 밀물과 썰물이 맡았으니 사리*에는 물이 가득 찼다가 조금**에는 줄어들며, 그리하여 밀물과 썰물의 별명은 '삼토'라 합지요. 우리 토끼의 간도 이 옥토와 삼토 같아서, 보름 전에는 뱃속에 넣어 두고 보름 후에는 밖으로 꺼내 두는 것입니다. 그리하여야만 차고 기우는 삼토와 옥토의

---

* **사리** 음력 15일과 30일 무렵 바닷물의 높이가 제일 높을 때
****조금** 음력 7-8일과 22-23일 무렵 바닷물의 높이가 제일 낮을 때

기운을 흠뻑 받아 명약이 되기 때문입니다. 만일 다른 짐승들처럼 줄곧 뱃속에만 든 간이라면 어찌 오직 토끼의 간이 명약이라 하오리까?"

용왕의 고개가 점점 삐뚜름해졌어.

"네가 정녕 간을 육지에 두고 왔다는 것이냐?"

"그렇사옵니다. 보름날 낭야산 취옹정에서 털 있는 짐승들 회의가 있다는 말을 듣고, 제 간을 꺼내어 파초 잎에 고이 싸서는 방자산 최고봉 제일 늙은 소나무 가지에 높이높

이 매달아 두고 회의에 갔더랬지요. 그 자리에서 자라를 만나 바로 용궁까지 왔으니 다음 달 초하룻날 다시 뱃속에 넣을 간을 어찌 가지러 갈 수 있겠나이까?"

토끼 말에 용왕은 미간을 잔뜩 찌푸렸어. 이럴 줄 알았으면 명약을 일러 준 그 신선에게 토끼의 간에 대해 좀 더 자세히 물었을 것을⋯⋯. 토끼 말이 뭔가 이치에 맞는 것 같기도 하고 아닌 것 같기도 하고, 엄청 헷갈리거든. 용왕은 한 번 더 토끼를 다그쳐 보았어.

"이놈! 얕은 수로 누굴 속이려는 게냐? 네가 뱃속에 든 간을 어떻게 집어넣고 빼낸단 말이냐? 간이 제멋대로 들락날락한단 말이냐?"

내 배를 갈라라! 갈라!

토끼가 천연덕스럽게 답했어.

"제 밑구멍에 간 나오는 구멍이 따로 있습지요. 배에 힘을 주면 간이 그리로 쏙 빠져 나옵니다. 집어넣을 때는 입으로 삼키면 간이 알아서 딱 자리를 찾아가옵니다."

간이 나오는 구멍이라? 용왕이 이마에 주름을 모으고 쳐다보는데도 토끼는 계속 말했어.

"제 볼기짝에 구멍이 셋인데, 하나는 똥 누는 구멍이요, 또 하나는 오줌 누는 구멍, 나머지 하나가 간 누는 구멍입니다."

용왕이 옆에 선 군사들한테 눈짓을 하자마자, 군사들이 토끼를 훌렁 뒤집었어. 그랬더니 정말 구멍이 세 개거든!

용왕이 그제야 고개를 절레절레 저으며 말했어.

"네 간을 먹어야 내 병이 낫는데, 지금 네 뱃속에 간이 없으니 이 일을 어찌하면 좋으냐!"

토끼가 눈을 반짝이며 사근사근 말했어.

"저를 다시 육지로 보내 주시면 저의 간뿐만 아니라 방자산 소나무에 매달린 다른 토끼들의 간까지 싹 거두어 가지고 돌아오겠으나, 저를 믿지 못하시는 용왕님이 결코 그리하지 않으실 터이니 부디 자라를 다시 보내시옵소서. 제가 편지를 써 줄 테니 제 아내에게 전하기만 하면 간을 찾아줄 것입니다."

그때까지 용왕과 토끼의 말을 듣고만 있던 자라는 가슴이 다 철렁했어. 육지로 나가서 토끼란 놈을 찾아 데려오느라 했던 고생이 새록새록 떠올랐거든.

'그런데 이제 다시 인간 세상으로 나가서 얼굴도 모르는 저놈의 마누라를 또 어찌 찾을 것이며, 찾는다 한들 그 사이 새로 시집이라도 갔으면 토끼야 죽든 말든 무슨 상관을 하겠는가?'

자라는 목소리를 높였어.

"용왕님! 토끼의 간이 들락날락한다는 말은 새빨간 거짓입니다. 여태 그런 말은 들어 본 적도 없을 뿐더러 이치에도 맞지 않습니다. 그러니 지금 당장 저놈의 배를 갈라 확인하옵소서. 만일 정말 간이 없다 하면 제가 다시 육지로 나아가 보름이 되기 전에 다른 토끼를 잡아 오겠나이다."

자라 말에 토끼는 깜짝 놀랐어. 용왕이 속아 넘어가는 참인데! 토끼는 자라 말을 끊고 얼른 나섰어.

"네 이놈 자라야! 네가 나를 업고 온 수고를 생각하여 내가 너의 잘못을 용왕님께 말하지 않았거늘 네놈이 이렇게 모질게 말하니 나도 더 이상 못 참겠구나! 내가 너의 두 가지 잘못을 짚어 네놈 때문에 일이 더욱 꼬인 것을 알려야겠다.

첫째, 나를 만났을 때 처음부터 사실을 곧이곧대로 털어놓았더라면 내 간을 반드시 가져왔을 것이다. 그날이 마침 보름이라 우리 토끼 수백이 모여 함께 간을 누고 소나무에 걸었으니, 오래 묵어 약효가 특히 좋은 것을 골라 가져올 수도 있었을 것을, 네놈이 나를 용궁으로 끌고 오기 바

빠 벼슬을 주네 마네, 음흉하게 속였으니 일이 잘못된 것
은 네 죄가 가장 크다.

둘째, 사정이 이리 되었으면 내가 가든 네가 가든 잽싸게
육지로 나가 어떻게든 간을 가져와 용왕님의 병을 낫게 하는
것이 신하의 도리인데, 네놈은 지금 저만 살겠다고 나부터
죽이려 드는구나. 세상에 이런 불충한 신하가 또 있을까?"

토끼의 호통이 갈수록 커지는데, 자라가 눈만 껌벅이지
뭐야.

"말이 나온 김에 네놈 관상부터가 문제구나. 눈은 가늘고
다리는 짧고 목은 길고 입은 뾰족하니, 평생 힘든 일은 하
여도 즐거움은 못 누릴 생김새로다. 네 말대로 만일 나를
죽였다가 진짜 간이 없다면 다시 육지로 나가야겠지. 허나
어떤 토끼가 네 말을 믿고 용궁으로 오겠느냐? 내가 벼슬
살러 너를 따라 용궁으로 갔다는 걸 모르는 짐승이 이제는
없을 것인데……. 나는 죽어서 가지 못하고 너만 홀로 나
타난다면 우리 산속 식구들이 네게 달려들어 따지지 않겠
느냐? 아마도 토끼 잡기는 고사하고 네가 먼저 죽을 것이

다. 그래, 너는 너의 어리석음으로 죽는다지만 그리하면 우리 용왕님 병은 어찌 한단 말이냐? 나는 오직 그것이 안타깝고 걱정이구나!"

다들 입을 벌리고 토끼만 쳐다보니 토끼는 기세가 더 등등해졌어.

"귀하신 용왕님부터 살릴 생각은 하지 않고 되도 않는 억지를 부리니, 충신이 아니라 나라를 망칠 놈이로구나! 내 목숨을 잃는 것은 하나도 두렵지 않다. 육지라면 독수리나 사냥개의 밥이 되었을지도 모르는 몸을, 이렇듯 용왕님과 용궁의 높은 신하들 앞에서 용무늬가 그려진 보검에 배를 갈려 죽으면 그것이 훨씬 영광이라! 오냐, 얼른 갈라라! 내 배를 갈라라! 갈라!"

토끼가 배를 내밀며 자라를 밀치는데, 주눅이 든 자라 목이 점점 짧아졌어.

그제야 용왕이 신하들에게 물었어.

"이 일을 어찌하면 좋은가?"

형부상서 준치가 나섰어.

"토끼의 뱃속에 간이 있는지 없는지 아직도 의심스럽긴 하나 경솔히 배를 갈랐다가 진짜 간이 없다면 신중하지 못한 행동이 될까 하옵니다. 배를 가르지 마옵소서!"

병부상서 숭어도 보탰지.

"향기로운 미끼는 반드시 고기가 무는 법입니다. 이왕 배를 가르지 않으시려거든 토끼를 좋은 말로 달래어 간을 가져오도록 하옵소서."

그때 한림학사 깔따구가 말했어.

"토끼는 원래 꾀가 많고 간사한 짐승이라 하옵니다. 토끼의 말을 곧이듣지 마시고 얼른 간을 꺼내어 용왕님의 병을 낫게 하옵소서."

아이고, 저놈의 깔따구가 깔딱깔딱하는 통에 일을 망칠까 토끼는 오금이 저렸어. 그런데 이미 용왕은 마음을 정했지 뭐야. 껄껄 웃으며 토끼를 치켜세우고 자라를 혼내거든.

"토 선생의 말씀이 이치에 하나도 어긋나지 않도다. 처음부터 솔직하게 사정을 털어놓지 않은 자라의 죄가 가장 크구나. 그러나 이미 지난 일을 따지지 말고 앞으로의 일을 의논하는 것이 지혜로운 처리가 될 것이다. 여봐라! 얼른 토 선생을 내 곁으로 모셔 오도록 하라."

용왕의 말에 어여쁜 시녀들이 사뿐사뿐 계단을 내려오더니 토끼를 양옆에서 부축했어. 토끼는 속말을 했어.

'이게 웬 떡이냐!'

토끼가 잘나 보이고 싶어서 앞발은 치켜들고 뒷발은 발꿈치를 들어 디디는데, 금방이라도 넘어질 것 같지 뭐야. 시녀들이 앞발을 잡아 주니까 토끼는 뒷발을 길게 떼어 아슬아슬 용왕 곁으로 갔어. 용왕 가까이 토끼를 위한 멋진 자리가 마련되고 토끼는 거기에 앉았어.

"바다와 육지는 다른 세상이지만 토 선생의 드높은 명성은 일찍이 우러러 존경하고 있었소이다. 진작 선생을 만나 인사를 드렸어야 도리인데, 이리 먼 곳까지 찾아오게 했으니 참으로 미안하오. 지금까지 무례했던 건 우리가 토 선생을 몰라뵙고 한 일이니 마음에 담아두지 마시오.”

용왕의 사과에 토끼도 점잔을 빼며 말했어.

“명성이라니, 부끄럽습니다. 까딱했으면 죽을 목숨을 용왕님 덕택으로 살았는데, 어찌 마음에 남기겠습니까? 저는 벌써 다 잊었습니다.”

용왕은 그제야 안심하며 물었어.

“토 선생의 간이 그렇게 좋으면 인간 세상 사람들도 선생의 간을 먹고 병을 고친 이가 있소?”

토끼는 거짓말을 술술 늘어놓았어.

“많고도 많지요. 무엇보다 신선이 될 공부를 하려면 먼저 토끼의 간을 씻은 물을 마셔야 성공할 수 있답니다. 천하의 신선들은 모두 우리 조상님들이 간 씻은 물을 얻어먹고 이름난 신선이 되어 오래오래 살아가고 있습지요. 그래서 매해 설날에는 신선들이 좋은 과일을 골라 우리 조상님들의 제사를 차려 준답니다."

용왕은 크게 머리를 끄덕이며 또 물었어.

"그렇다면 토 선생은 어찌하여 신선 노릇을 하지 않고 산 속에 파묻혀 독수리와 사냥개의 먹잇감이 되시오?"

"이 모든 것에도 사정이 있답니다. 토끼 간이 좋은 것은 나무 열매 때문이지요. 그 나무 열매를 먹지 않으면 약 기운이 간에 들지 않습니다. 그러니 싫더라도 인간 세상에 살 수밖에 없답니다. 그러나 나무 열매를 백 년 동안 먹으면 신선이 되어 하늘로 올라간답니다."

토끼의 거짓말에 감동한 용왕이 두 손을 모으며 물었어.

"그럼 토 선생은 인간 세상의 나무 열매를 그동안 얼마나 드셨소?"

"백 년 넘게 먹었으나 지금 하늘나라에 남은 신선 자리가 남은 것이 없다 하여 자리가 날 때까지 기다리고 있답니다."

용왕은 만족한 얼굴로 물었어.

"그럼 토 선생의 간에는 약기운이 흠뻑 들었겠소?"

"두말하면 잔소리지요. 제 간을 누는 날이면 온 산속에

약 향기가 가득 하답니다."

용왕이 침을 꿀꺽 삼켰어. 토끼가 환하게 웃으며 말했어.

"그리하여 제 소원은 얼른 용왕님께 제 간을 드려 지긋지긋한 병으로부터 해방시켜 드리는 것이랍니다. 왔던 길로 계산해 보니 오래 걸리지도 않겠습니다. 물길 팔천 리는 자라가 저를 업고 밤낮으로 헤엄치면 나흘이면 될 것이요, 땅 길 이만 리는 제가 자라를 업고 뛰어가면 사흘이면 될 것이니, 가는 데 칠 일, 오는 데 칠 일, 넉넉잡아 보름이면 충분할 것입니다."

용왕의 눈이 반짝반짝 빛났어. 그 눈에 비친 토끼도 반짝반짝했지. 이제 용왕은 토끼가 너무 기특하고 예뻐서 어쩔 줄을 몰랐어.

토끼를 위해 풍악을 울려라

용왕은 토끼를 위해 큰 잔치를 열기로 했어.

"토 선생을 최고의 대우로 환영하자. 어서 풍악을 울려라!"

토끼 뒤로 구름 병풍이 둘러쳐지더니 수정 구슬로 만든 발이 내려졌어. 용궁의 악사들이 몰려와 줄을 맞추더니 신비한 음악을 연주했지. 예부상서 문어가 대나무 장구를 치니 소라는 옥피리를 불고, 호수의 신은 비파 타고, 물의 신은 옥통소를 부는데, 어린 물고기들이 나팔꽃 같은 입을 열어 노래를 부르네. 어여쁜 선녀들까지 소가죽 북을 흔들며 낭창낭창 춤을 추는데, 바다의 신이 옥이며 호박으로 만든 술잔에 술을 넘치도록 따라 쟁반으로 받쳐 들고 일일이 돌아가며 권하기까지 했지. 토끼는 좋아서 아주 입이

찢어졌어.

"에헤라디야, 에헤라디야!"

춤추고 노래하고 흥에 겨워 떵까떵까 난리가 났어. 밥 먹고 술 먹고 신이 나서 까불까불 방정을 떠네. 제 세상을 만난 듯 토끼는 맘껏 취하고 놀았어.

그러다 토끼는 문득 정신을 차리고 생각했어.

'아이코, 내가 이럴 때가 아니지. 어서 육지로 가야지.'

토끼가 용왕에게 말했어.

"용궁의 동서남북 어느 한 곳도 부족한 것이 없습니다. 동쪽을 보니 봉래산이 가깝고 서쪽을 보니 허허벌판이라 길 잃을 염려 없고, 남쪽을 보니 큰 물이 끝없이 흘러들어 온갖 물고기들을 받아들이고 북쪽을 보니 많은 별이 눈부시게 빛나는 것이 마치 용왕님을 둘러싼 똑똑한 신하들 같습니다. 이렇듯 훌륭한 용궁에서 용왕님이 오래도록 북쪽 바다를 다스릴 수 있도록 제가 얼른 육지로 나가 간을 가져오겠습니다."

용왕은 좋으면서도 슬쩍 물었지.

"왜 좀 더 놀다가 가시지 않고?"

"얼른 가서 간을 가져온 다음에 그때 제대로 놀겠습니다. 지금은 간을 가져오는 일이 우선이지요."

토끼 말에 용왕은 좋아라 하고 큰 소리로 말했어.

"토 선생의 은혜를 무엇으로 갚으리오! 이제 육지에 가서 간을 가져오시면 무슨 벼슬을 드려야 은혜의 만분의 일이라도 갚을 수 있을까 하오."

이부상서 농어가 참견했어.

"토 선생의 재주가 하늘과 땅의 이치를 꿰뚫으니 지혜로운 선비에게만 내리는 벼슬, 태사관으로 삼아 항상 용왕님 가까이 두옵소서."

방어도 보탰어.

"토 선생의 은혜는 벼슬만으로는 갚기 어려우니 그에 더하여 마땅히 넓은 땅과 진귀한 선물로 상을 내려야 할 것입니다. 동정호 사방 칠백 리 땅을 드려 다스리게 하고, 거기서 나는 황금빛 유자를 모두 차지하게 하고, 해마다 좋은 비단 천 필과 진귀한 진주를 보내소서."

토끼가 손을 저으며 말했어.

"제 간을 잡수시고 용왕님 병이 낫는다면 저는 벼슬이나 상 따위는 필요치 않습니다. 저의 아름다운 공적이 역사에 남는 것으로 충분하옵니다."

겸손을 떨던 토끼가 주섬주섬 일어나더니 모인 물고기들 하나하나와 인사를 나눴어. 용왕은 토끼의 손을 잡으며 아주 신신당부를 하지 뭐야.

"정들자 이별이라더니……. 토 선생! 다시 올 날을 기다리고 있겠소. 속히 간을 구해 자라와 함께 무사히 돌아오시오."

토끼가 고개를 끄덕이며 자라와 함께 용궁을 나섰어. 아유, 이제 살았구나 싶어 토끼는 뒤도 한번 안 돌아보고 앞으로만 가자 했지.

"자라 양반! 얼른 가십시다."

자라가 말없이 속도를 내는데, 가다 보니 토끼 마음이 확 뒤집히지 뭐야. 올 때는 바닷물에 겁먹고 멀미도 하느라 구경도 못했는데, 이제 가면 다시는 안 올 바닷속을 제

대로 보고 가야 산속 식구들한테 자랑할 얘기가 있지 싶은
거야. 그래서 자라를 살살 달랬지.

"자라 양반! 내 용궁에 올 때는 처음이라 정신이 없었지
만 오늘은 구경도 좀 하면서 갑시다. 나를 업고 오가느라
수고도 하니, 육지에 가면 자라 양반이 먹을 간도 하나 더
구해드리리다."

자라가 생각해 보니, 토끼를 용궁으로 데려올 때와는 상
황이 반대라.

'이제 육지로 가면 내 목숨이 토끼 저놈 말 한 마디에 달
렸으니, 말을 안 들어주면 안 되겠지? 아이고, 내 팔자야!
아이고, 아니꼽다!'

자라가 고개를 주억대자 토끼가 팔짝팔짝 뛰며 물었어.

"방금 지나온 데는 어디오?"

"봉황대요. 신기한 새 봉황이 놀던 곳으로, 봉황은 날아
가고 그 아래로 강물이 흐른다오."

"그럼 저기는 어디오?"

"황학루요. 옛날에 노닐던 신선이 황학을 타고 날아가 지

금은 안개만 서려 시름만 깊다 하오."

"저기는?"

"모래섬 앵무주요. 향기로운 풀이 가득하고 멀리 강 건너편 버드나무 사이로는 임금 사시는 대궐이 오락가락 보인다오."

"그럼 저기는?"

"소상강이오. 저기서 달밤에 스물다섯 줄 악기를 연주하면 그 맑은 소리에 기러기마저 눈물을 흘리며 돌아간다오."

"그럼 저기 저쪽은?"

"따오기 나는 등황각이오. 노을 진 저녁 외로운 집오리가 가지런히 나니, 온 세상 하늘빛 물빛이 붉게 물든다오."

"그럼 이쪽 여기는?"

자라는 점점 힘에 부쳤어. 토끼도 업은 데다 헤엄도 쳐야 하는데, 자꾸 물으니 답이 벅찼거든. 그래서 자꾸 답이 짧아졌지.

"꾀꼬리 우는 호상정이오."

"그럼 저쪽은?"

"까마귀 우는 고소성!"

"저기는?"

"까치 날아가는 적벽강이다, 이놈아!"

아차! 느닷없이 속마음이 튀어나와 자라는 고개를 수그렸어.

"뭐라?"

토끼가 되묻자 자라가 얼른 부드럽게 말했지.

"적벽강이라오, 적벽강!"

토끼는 궁금하기도 했지만, 사실 자라가 얄미워 연신 물었어. 그래야 자라가 더 힘드니까.

"저기 날아오르는 것은 무엇이오?"

"한 번 날갯짓에 구만 리 푸른 하늘을 난다는 대붕이오."

"저기 앉은 저것은?"

"한가롭게 앉은 것은 해오라기오."

"그럼 저기 앉아 조는 것은?"

"갈매기!"

"저기 나는 것은?"

"원앙새!"

"저기 까만 건?"

"제비!"

"저기 가는 것은?"

"참새!"

"그런데 어찌 그리 답이 짧아지시오?"

토끼가 나무라자, 자라는 억지로 부드럽게 말했어.

"업고 말하고 헤엄치니 힘들어 그러지요."

그러고도 한참 동안 토끼는 묻고 자라는 답하며 물길을 갔어. 가고 또 가고 또 갔지. 바닷길 내내 이것 저것 요것 조것 묻고 또 물은 토끼요, 올라오는 화를 누르며 답하고 답한 자라거든. 그리하여 어느 사이에 푸른 바다가 끝이 나고 바닷가 모래밭이 보이는데, 토끼도 반갑고, 자라도 반갑고! 드디어 자라 발에 모래가 서걱서걱 밟혔지.

"으차!"

토끼가 잽싸게 자라 등에서 뛰어내렸어.

명약 중의 명약

토끼는 크게 숨을 한 번 쉬고, 깡충깡충 뛰었어. 공기가 얼마나 좋은지 몰라! 땅이 얼마나 좋은지 몰라! 바닷속에 끌려갔다 오니 이제 알겠네. 반가운 마음에 토끼는 요리조리 뛰어다녔지. 뒤에서 자라가 토끼 눈치를 보며 엉금엉금 따르는데, 토끼 눈이 쌜쭉해졌어.

'저 음흉한 놈! 감히 나를 꾀어 바다로 끌고 가 간을 내놓게 하려고 했단 말이지?'

토끼는 되돌아가 자라한테 분풀이를 하려다 고개를 저었어.

'아니지! 아직은 바다가 가까워 안 되겠다. 자라가 단단한 주둥이로 내 다리라도 꽉 물고 다시 바닷속으로 들어가 버리면 말짱 도루묵이다. 아직은 아니야! 자라를 좀 더 육

지 가운데로 불러들여서 혼내 주자. 이리로 오너라! 이놈
아!'

토끼는 일부러 더 빨리 뛰어 바다가 안 보이는 언덕까지
올라갔어. 그리고 더 높은 바위에 걸터앉아 자라한테 얼른
오라고 손짓했지.

자라는 온 힘을 다해 토끼한테 기어갔어. 토끼 업고 물
길을 헤엄쳐 오느라 힘들었는데, 쉴 틈도 없이 땅 길을 기
어간 거야. 드디어 토끼랑 가까워졌는데, 토끼가 느닷없이
막 호통을 치지 뭐야.

"네 이놈, 자라야! 네 죄를 네가 알렸다."

자라는 그 자리에 우뚝 서서 목을 움찔거렸어.

"감히 네가 나를 속여 용궁으로 끌고 갔겠다. 네 죄를 생
각하면 내가 너를 백번 죽여도 시원치가 않다, 이놈아! 그
나마 너처럼 미련한 용왕이 있어서 망정이지 하마터면 저
깊은 바닷속에서 물귀신이 될 뻔했다!"

자라는 납작 엎드려 토끼 말만 들었어. 속여서 데려간 건
분명했으니까. 토끼는 더 열을 내서 말했어.

"옛말에 미련하기는 물고기나 산짐승이나 똑같다더니, 이번에 보니 물고기가 산짐승보다 곱절은 더 미련하더라. 세상에 어느 놈이 뱃속에 든 간을 마음대로 넣다 먹었다 한다더냐?"

그제야 자라가 고개를 쳐들었어.

"뭐? 뭐라고? 이럴 수가!"

토끼는 더 쏘아붙였어.

"너를 잡아다 식구 죄다 불러 펄펄 끓는 가마솥에 푹푹 삶아 초장에 콕콕 찍어 우적우적 씹어 먹어도 직성이 풀리지 않을 것이다!"

자라는 정신이 어뜩어뜩했어. 놀라고 분하고 기막히고 겁나서 온몸이 부들부들 떨렸지. 가까스로 정신을 붙든 자라가 토끼를 달랬어.

"토, 토, 토 선생! 부디 노여움을 푸시오."

자라가 벌벌 떨면서 애원을 하는데 토끼가 보니 좀 가엾기도 하거든.

"하기는 주인을 섬긴다고 한 일이니, 네가 무슨 잘못이

있겠느냐? 용왕한테 충성한다고 한 짓이니 내 그 마음은
이해해 주마. 그간 나를 업고 바닷길 나르느라 고생한 것
이 있으니 너그러이 용서하고 목숨만은 살려 주마. 그러니
당장 돌아가거라!"

자라는 다행이다 싶었지만 그렇다고 어찌 빈손으로 용궁으로 돌아갈까 싶었어. 간도 없이 토끼도 놓치고 용궁으로 돌아가면 큰 벌을 받을 것이 분명하니까! 어디 벌만 받을까? 토끼 간을 못 먹은 용왕님이 돌아가시면 그 원망을 다 자라가 받을 텐데…….

"그, 그럼, 토끼 간은 어찌한단 말씀입니까? 토, 토 선생! 제발 살려주십시오."

토끼가 얄밉게 깔깔 웃었어.

"너희는 나를 속였어도 점잖은 내가 어찌 똑같이 굴까? 좋은 약을 보내 주기로 너희 용왕이랑 단단히 약속했으니 설마 어기기야 하겠느냐? 원래 내 똥이 명약이라, 병든 이의 열을 내려 주는 것으로 유명하니라! 인간 세상 사람들도 내 똥을 구해다 아픈 아이들에게 먹이거든. 내 보기에 너희 용왕은 병든 몸에 열이 많아서 아픈 것이니 내 똥을 가져다 먹여라. 금세 나을 것이다!"

자라는 기가 막혀서 입이 안 다물어졌어. 아니, 토끼 간이 아니라 토끼 똥을 먹이라니! 자라가 겨우 입을 움직여 말했어.

"용왕님께 똥을 먹이란 것이오?"

토끼가 쌜쭉하며 되물었지.

"왜? 싫으냐?"

자라는 고개를 흔들었어. 막 흔들었지. 생각해 보면 간이고 똥이고 알 게 무어야. 지금 당장은 목숨을 보전하여 바다로 돌아가는 일이 제일이요, 간은 아니라도 용왕님께 드릴 약을 가져가는 게 다음이거든.

"아, 아니오! 그거라도 주시면 받겠소."

자라가 대답하자마자 토끼가 똥을 누는데, 동그란 콩알 같은 똥을 많이도 누거든.

다다다다다-.

도도도도도도-.

토끼는 그 많은 똥을 칡 잎으로 단단히 싸맸어. 그러더니 자라 등에 올려놓고 다시 칡 줄기로 친친 감아 주지 뭐야. 험한 바닷길에 홀렁 뒤집힐까 꽁꽁 묶어 준 거지.

"자라야! 나는 이제 산속으로 간다. 너도 얼른 용궁으로

가거라. 우리 다시는 보지 말자!"

자라 등을 툭툭 두드리고 토끼가 통통 뛰어갔어. 폴짝폴
짝 껑충껑충 빨리도 뛰어갔어. 실실 웃으며 뛰어갔어.

자라는 토끼가 사라진 데를 한참 쳐다봤어. 금세 눈이 시
리더니 자라 눈에서 눈물이 뚝뚝 떨어졌지. 어이없고 기막
히고 서러운 자라 가슴이 막 요동쳤어.

'이게 다 무슨 일인가!'

한참을 생각하던 자라는 눈물을 그쳤어. 이제 바닷속 용
궁으로 돌아가 부딪혀 보는 것밖에는 별수가 없다 싶었거
든. 자라는 슬슬 움직였어. 엉금엉금 찬찬히 기어 바다로
갔지. 철썩철썩 파도가 자라를 불렀어. 자라는 넘실넘실
파도를 타고 깊이 더 깊이 바다로 헤엄쳤어.

산속으로 돌아간 토끼는 어찌 되었을까?

산속에 돌아간 토끼는 바람처럼 뛰어다녔어. 그간 바닷속에서 못 뛰었던 것까지 팡팡 뛰고 또 뛰어 쌩쌩 날뛰었지. 만나는 짐승들한테 자랑하기도 빼놓지 않았어.

"옛날에 그리 힘센 장수들이 많은 군사를 거느리고도 오강을 못 건너고, 역수를 못 건넜다지 않은가? 그런데 나는, 이 신통방통한 토끼 님은, 용왕까지 속여 먹고 팔천 리 바닷길을 무사히 건너왔다네! 에헴!"

자랑도 자랑인데, 돌아온 산속이 어찌나 좋은지 말끝마다 감탄이라!

"반갑네, 반갑다! 우리 고향 어찌 이리 반갑나! 푸른 산 맑은 물 모두 예전 그대로네. 산봉우리 하얀 구름 내가 앉아 졸던 데요, 덩굴 과실 나무 열매도 내가 주워 먹던 그 맛일세! 반갑구나 반가워!"

보는 이마다 반갑고 만나는 이마다 자랑하는 토끼거든.

"너구리 아저씨, 그간 평안하셨소?"

"오소리 형님, 잘 계셨소?"

"다람쥐야, 안녕!"

토끼는 아예 산짐승들 집집마다 찾아다니며 인사하고 자랑질이야. 그리고 끄트머리엔 꼭 점잖은 척 이렇게 붙였지.

"벼슬 그따위 것 할 생각 말고, 고향 떠날 생각도 아예 마시오. 벼슬하면 몸 위태롭고 고향 떠나면 천대받는답니다. 그저 살던 곳, 몸에 익은 여기, 푸른 산속에서 늘 보던 친구들이랑 어울려 사는 것이 최고 중의 최고라오!"

자라는 어찌 되었냐고?

자라는 용궁으로 돌아가 시치미를 뚝 떼고, 명약 중의 명약이라며 토끼 똥을 용왕에게 먹였네. 그랬더니 이게 웬일이야! 정말로 용왕의 병이 씻은 듯이 나았거든.

"충신 중의 충신 자라야! 네가 구해 온 토끼의 간으로 내가 다 나았구나!"

먹은 약이 토끼 똥인 줄도 모르고 용왕은 어깨춤을 추었대. 용왕이 자라에게 높은 벼슬도 주고 상도 주고 잔치도 베풀었는데, 자라는 그냥 눈 딱 감고 냠냠 다 받아먹었지. 그리고 더욱 충성하여 용왕을 모셨다는걸. 건강해진 용왕

은 아무 병도 안 걸리고 정정하게 살아서 벌써 나이가 삼
천 살을 넘겼다지 뭐야.

　그러는 동안 토끼는 벌써 달나라로 옮겨 갔지. 거기서 뭐
하냐고? 방아 찧지 뭐해. 계수나무 아래서 쿵덕쿵 쿵덕, 떡
방아를 찧고 있지. 보름달 뜨면 잘 찾아 보라니까.

『토끼전』 작품 더 보기

 질문 하나, 이름이나 장소 나열도 많고, 의성어도 많고, 잘 모르는 한자 비유도 많은 것 같아요. 대체 왜 이런 건가요?

답 하나, 이걸 알기 위해서는 먼저 '판소리'를 알아야 해요.

판소리는 우리나라의 전통 공연 예술이에요. '소리꾼'은 몸짓과 말을 섞어 이야기가 있는 노래를 부르고, '고수'는 북을 치며 장단을 맞추고 추임새를 넣지요. 그리고 관객들도 공연 중간에 등장인물을 응원하거나 소리꾼을 칭찬하는 등, 추임새를 넣으며 공연을 적극적으로 즐겼어요. 소리꾼의 노래에 맞춰 관객들은 함께 울고 웃었지요.

소리꾼은 관객이 재밌게 들을 수 있도록 과장된 표현을 쓰기도 했고, 노래이니 운율을 만들기 위해 나열과 반복, 의성어와 의태어도 많이 사용했어요. 그리고 관객에 따라 재치있고 발랄한 입담을 선보이거나 비속어를 사용할 때도 있었고, 반대로 어려운 고사성어나 옛사람들이 쓴 시나 문장을 인용할 때도 있었어요.

『토끼전』은 판소리를 글로 기록해 만든 소설인 '판소리계 소설'이랍니다. 그러니 판소리의 특징이 책에도 남아 있는 거예요.

 질문 둘, 제가 알던 '토끼와 자라' 이야기랑은 조금 다른 것 같은데요?

답 둘, 판소리계 소설은 판소리에서 시작된 건 다들 알았지요? 판소리는 입에서 입으로 전해져서 모든 사람이 똑같이 부를 수 없었어요. 더구나 관객이 어떤 장면을 좋아하는지도 무척 중요해서 공연할 때마다 어떤 장면은 길어지기도 하고, 어떤 장면은 삭제되기도 했어요.

예를 들어, 다른 버전의 『토끼전』에서는 용왕이 잔치를 벌이고 술을 잔뜩 마시는 바람에 병에 걸렸다고도 해요. 하지만 임금에 대한 충성심을 중요한 가치로 여긴 양반 관객이 많은 자리에서 이 버전을 부르면 관객들이 싫어하겠지요? 그래서 소리꾼은 용왕의 위엄과 신하들의 충성을 더욱 강조하는 장면으로 바꾸어 불렀답니다.

이렇게 판소리는 어떤 장면은 있고, 어떤 장면은 없고, 어떤 장면은 강조되는 등 다양하게 불렸고, 판소리계 소설 역시 다양한 버전으로 남게 되었어요.

 질문 셋, 그러면 또 다른 판소리계 소설로는 무엇이 있나요?

답 셋, 여러 종류가 있지만, 대표적인 판소리와 판소리계 소설을 소개할게요. 「수궁가」, 「춘향가」, 「심청가」, 「흥보가」, 「적벽가」 총 다섯 종류의 판소리는 조선 시대 때부터 예술적 가치가 있다고 여겨졌어요. 이를 '판소리 다섯 마당'이라고 부르지요. 이 다섯 마당 중 「적벽가」를 제외한 네 마당이 모두 나중에 소설로 남게 되었답니다. 「적벽가」는 원래 소설이 원작이라서 나머지 판소리들과는 조금 다르지요.

먼저, 「수궁가」는 우리가 읽은 『토끼전』이에요. 병에 걸린 용왕과 육지로 나가 토끼를 데려오는 자라, 재치를 발휘해 용궁에서 도망치는 토끼가 주인공이지요.

기생의 딸인 성춘향과 사또의 아들인 이몽룡의 신분을 뛰어넘은 사랑 이야기인 「춘향가」는 『춘향전』으로, 아버지를 대신해 인당수에 빠진 심청이의 이야기인 「심청가」는 『심청전』으로, 심술궂은 형 놀부와 마음씨 착한 동생 흥부의 이야기인 「흥보가」는 『흥부전』이 되어 지금까지 전해지고 있답니다. 여러분도 읽어 봤을 수도 있고요!

 질문 넷, 『토끼전』의 주제는 뭐라고 봐야 하나요?

답 넷, 『토끼전』을 포함한 판소리계 소설의 주제는 크게 '표면적 주제'와 '이면적 주제'로 나눌 수 있어요. '표면적 주제'는 겉으로 드러나는 주제이고, '이면적 주제'는 표면적 주제 속에 담겨진 또 다른 주제이지요.

토끼의 시점으로 표면적 주제를 본다면, '힘이 없는 약자가 지혜롭게 위기를 극복했다.'라고 말할 수 있어요. 꾀를 써서 권력자인 용왕에게서 벗어났으니까요. 하지만 토끼는 벼슬 욕심 때문에 용궁에 따라가 죽을 뻔했지요? 그렇기에 이면적 주제는 '욕심을 부리는 사람들에 대한 비판'이라고도 볼 수 있답니다.

자라도 마찬가지예요. 표면적 주제는 조선 시대에 강조되었던 '임금을 향한 충성심'이라고 할 수 있어요. 그렇지만 자라는 토끼의 거짓말에 속는 용왕에게 무조건 충성하고 있어요. 그래서 이면적 주제는 '무능한 왕에게 뭐든지 충성을 바치는 어리석은 신하에 대한 비판'이라고 볼 수 있지요.

이렇듯 누구를 중심으로 보느냐, 그리고 어떤 장면이 강조된 버전을 보느냐에 따라 판소리의 주제는 다양하게 읽어 낼 수 있답니다.